青い蝶

西村惇子

22世紀アート

目次

回想の戦争時代

やがて第二次世界大戦へと拡大して行く日本と中国との戦争～日中戦争が始まったのは、１９３７年（昭和12年）の7月7日のことですが、その翌年、私は小学校へ入学しました。

その頃私が住んでいたのは、大阪の北摂地域にある豊中市ですが、市制が施かれてまだ2年目の小さな町でした。

現在では、人口40万余を抱える現代的な都市に発展していますが、その頃は果樹栽培が盛んで、田園風景が其処ここに見られる田舎町だったのです。

そして、そこで暮らす人々も、戦争が始まっていると云う緊張感など、まるで持っていないかのような長閑な日々を送っていました。

私達子供も、その戦争が後に続く暗い歴史を予告するものとは全く思いもよらず、何処か遠いところの出来事と聞き流すほどの無関心さで、専ら遊びに夢中の日々を過ごしていたのです。

ようやく子供心に、その戦争を意識し始めたのは、小学校３年生（１９４０）の頃からでしょうか。

米、砂糖、衣料などの生活必需品の統制が始まり（国家総動員法・１９３８）、生活の不如意を嘆く母の言葉を時折耳にするようになったのです。

また、隣組という組織が出来たのもこの頃（１９４０）のことです。

現在、私達の地域生活を支えるのに自治会がありますが、隣組は、それとは全く違って、国からの様々な指令や規制が、市や町などの行政機関を通して、社会の隅々まで行き渡る様に作られた組織なのです。

そして、それらの伝文は『回覧板』と呼ばれていて、それを隣の家へ届けるのは、大抵私たち子供の仕事でした。

とんとん　とんからりと隣組
格子を開ければ　顔馴染み
回して頂戴　回覧板
知らせられたり　知らせたり

とんとん　とんからりと隣組
あれこれ面倒　味噌醤油

ご飯の炊き方　垣根越し
教えられたり　教えたり

この様な歌が流行り、私たち子供は、ただ無邪気に歌っていました。隣組とは、民意を統制するという国の強かな意図によって作られたものとは思いもよらない事でした。

また、通っていた学校の様子も少しずつ変わって来ていました。

毎朝行われる朝礼で、校庭の北東に新しく建てられた校倉作りの「奉安殿」（天皇の写真～ご真影が納められていました）に、先生の号令の下、全校生徒が一斉に「最敬礼」をし、国の勝利と出征兵士の武運長久を祈るのが恒例となったのです。

その後に、校長先生の訓話が始まるのですが、それはいつも決まっていて、戦地の苦労を思い無駄を省き、よく勉強しなさいという話だったのですが、皆、直立不動《きをつけ！》の姿勢で聞きました。

身動き一つしても、担任の先生から叱られ、朝礼後、運動場を一周する罰を与えられました。

その様に張りつめた校庭の雰囲気は、今でも私の皮膚感覚で、はっきりと記憶しているほどです。

それから、毎月の１日には、全校生徒６００人ほどが近くの稲荷神社の境内に整列して、揃って柏手を打ち、東に向かって「宮城遥拝」の最敬礼をするのも、決まった行事になりました。

日本は万世一系の天皇の治める世界に類を見ない尊い国であり、昭和天皇こそ、その現人神、いかなる敵にも負けない国だと、私たちはいつも教えられました。

軍服を着て白馬に跨り、儀仗兵を閲兵される天皇の姿は、ニュース映画や新聞紙上の写真でしか見る機会は無かったのですが、私達子供は、その姿に神さまを感じていたのでしょうか？

今となっては、その様に感じていたかどうかは、私自身でも定かではないのです。

周囲の大人たちの雰囲気から、その様に感じさせられていたのかもしれません。

その様な雰囲気を感じさせられた出来事に、出征兵士を送る壮行会がありました。

学校からの帰り道に、近くの神社で行われていたその壮行会には、度々出会いましたが、カーキ色の軍服姿に赤い襷を掛け緊張した面持ちの青年を囲み、日の丸の小旗を手にした一団の人々は万歳三唱をして、「出征兵士を送る歌」を必ず歌いました。

その歌の一節です。

わが大君《おおきみ》に召されたる
命栄えある朝ぼらけ

讃えて送る1億の
　歓呼は高く天を衝く
いざ征《ゆ》け　兵《つわもの》　日本男児

やがて、私が国民学校（小学校から改称された）４年生の１９４１年（昭和16年）12月８日、日本海軍の真珠湾急襲を発端に日米戦争が始まりました。

早朝の開戦を伝えるアナウンサーの緊張した声に、大変なことが起きたのだという不安な気持ちで、家族のだれもが押し黙ったまま、しばらく互いの顔を見つめ合っていました……。

でも人々の不安をよそに、開戦当初は日本軍の勝利が続き、シンガポール陥落の時など、勝利を祝う提灯行列が地区の稲荷神社へと続き、境内は人々の歓声と提灯の明かりで夜遅くまで賑わったのです。

ところがその翌年になると、ハワイに近いミッドウェー諸島沖での海戦で、日本軍は大敗しました。そしてその後は、あちこちの戦で敗北を重ねるのですが、真相は国民には知らされないままでした。

でも私たち国民の殆どは、「神国日本」の勝利を信じて疑いませんでした。と云うより、人々の間には勝利に疑いを持つことなど許されない雰囲気があったとも言えます。

その頃には、私達国民の食料を始め日常生活に必要な物資の配給が途絶えがちになり、特に食糧の不足は深刻さを増すばかり。人々は自宅の庭先や空き地に畑を作るなどして、慣れない野菜作りに精を出し、食料の自給自足の生活が当たり前のようになっていました。

その様な１９４４年（昭和19年）の４月、私は憧れの女学校に入学しましたが、時間割は決められていたものの授業など殆どなく、上級生は女子挺身隊として軍需工場へ、私達下級生は畑に変わった校庭で農作業の日々を送ったのです。

校庭ばかりではなく、当時まだ赤松の林だった千里丘陵に続く東豊中の空地を開墾して、小麦、ジャガイモ、サツマイモなど、米に代わる野菜作りに精を出しました。

毎日のように学校から5キロも離れた開墾地まで、人糞を入れた《肥え桶》を担いで運びました。モンペを穿き、満足な靴もなく下駄ばきで、愚痴もこぼさず黙々と歩きました……。

当時の母校（府立高女）の校歌の一節です。

かけまくも
あやにかしこきおお皇国《みくに》
明日の栄えを

わが肩に　とり負い持ちて
　朝な夕なに　奉仕の誓い
燃ゆる血を　胸に秘めつつ
　身を練りて　努め励まん
見よ我ら　　やまとをみな

学校行事では、いつもこの歌をうたい、自らを励ましました。

そして、サツマイモや乾燥トウモロコシ、粟、稗などの入ったコメ粒など見当たらないほど薄いお粥で、ひもじさに耐えていました。

「欲しがりません、勝つまでは！」と。

また、「撃ちてし止まん！」とか「鬼畜米英！」と云う戦意を煽るプラカードが、街の商店の軒先など、あちこちに掲げられ、ラジオからも、人々を鼓舞するような軍歌がいつも流れていました。

やがて戦争は足早に、私たち女学生の身近にまで迫って来ました。

２年生に進級したばかりの１９４５年（昭和20年）の４月に、私たちにも学徒動員令が発せられて、上級生の後を追うように、２年生殆どが工場へ行くことになったのです。

この学徒動員の体験をエッセー集『麦畑の記憶』に纏めました。動員で働いていた大阪北部の工場地帯が、Ｂ29による激しい焼夷弾攻撃を受け焼き尽くされた時の記憶です。

それは私の人生にとって、忌まわしくも忘れ得ない体験なのです。

その昭和20年の3月に東京は、Ｂ29の焼夷弾による大空襲を受けました。そしてその後矢継ぎ早に、日本の主な大都市は、焼夷弾によって殆ど焼き尽くされました。

大阪市も幾度かの空襲で、焼け野原となりました。

私の住んでいた豊中市は、豊中台地という旧い時代からの台地の上にあり、又当時は高層ビルなども無くて、空気の澄んだ夜などは、大阪の市街地が、眼窩に見えるのです。

その街が、焼夷弾によって夜空を真っ赤に染めて燃えさかるのを、何度、哀しく虚しい思いで見つめたことでしょう。

また、グラマン戦闘機と云う小型飛行機が、突然、警報のないまま都会の住宅地に低空で飛来し、通行人に機銃掃射を浴びせるという事態も何度も起こるようになりました。

九十九里浜、遠州灘、四国沖の太平洋上には、米軍の空母が常に停泊していて、そこから発着する戦闘機によるこの様な襲撃は、日に日に多くなりました。

当時小学校5年生だった弟も、下校途中で戦闘機の銃撃に遭い、辛くも家陰に隠れて難を逃れたこともありました。その頃の日本は制空権を失い、全くの無防備だったと云う外ありません。

本土決戦と云う言葉も、大人たちの会話の中で、しばしば耳にするようになりました。

母が米軍の上陸を予想した隣組の竹やり訓練に参加することも多くなり、学校は休校続き、いつまた空襲警報が鳴るのではないかと怯えて、追い詰められたような気分の毎日が続いていました……。

8月6日の広島、9日の長崎と原子爆弾が続いて投下され、その新型爆弾の想像を超えた被害の惨状が伝わって来て、私達は、とても動揺しました。そして、1日も早く戦争が終わるのを、心ひそかに願っていました。

やがて、8月15日に天皇自らが国民に対して何事かを語られるというニュースが伝えられ、私達は茶の間のラジオで、その「玉音放送」を聴きました。

放送が終わるやいなや、一緒に聴いていた母と姉の眼から涙があふれ、その様な2人の姿を見たことが無いほど激しく泣き伏しました。

でも何故か、私には涙は出ませんでした。2人のように、真剣に戦争と向き合っていなかったのかしらと、一瞬自分を責めていました。

ふと見上げた茶の間の窓からは、雲一つない８月の青空が見え、青って哀しい色だなと、私はその時、そんなことを思っていました。

そして、戦争から、またあの恐ろしい空襲から解放されるという安堵感が、深く心に広がっていくのを感じてもいたのです。

戦争があと数日長引けば、私の住んでいた小都市豊中も焼け野原になっていたでしょう。

その日の夜、燈火管制のため部屋の電灯に被せていた黒いカバーや、窓という窓に掛けられていた真黒な重いカーテンを引き剥がしました。部屋の隅々までが明るく浮かび上がり、以前のような静かな夜が来るのだと、嬉しさいっぱいの私でした。

破壊され焦土となった国土と、３００万人にも及ぶ犠牲者を出した末に、戦争は終わったのです。

その翌年（１９４６）１月１日に、天皇による『人権宣言』が出され、昭和の神さまは虚構だったことが明らかになりました。

私達国民は『神国日本』という呪縛から、ようやく解放されたのでした。

小説『死の島』を読む

このところの北東アジアでは、米中の貿易摩擦や台湾と中国との政治的な軋轢、北朝鮮のたび重なるミサイル発射実験、それに日韓の間にも、先の大戦中の徴用工問題で緊張状態が続いているなどなど、何となく不安定な様相である。

このような折に、作家で評論家の池澤夏樹の社会時評を新聞紙上で読んだことで、彼の父上でもあり作家の福永武彦の代表作『死の島』が、思いがけず私の記憶に蘇って来た。

私がその『死の島』を始めて手にしたのは、確か二十数年も前のことだったと思う。

雑誌の批評欄からだったのか、友人に薦められてだったのか、はっきりした記憶はないのだが、その時始めて、福永武彦という作家の存在を知ったのだった。

彼が堀辰雄の大学時代の後輩であり互いに交流の有ったことも知り、彼も辰雄の『風立ちぬ』のような詩的な叙情に溢れた作品を書く人なのだと、私はいつの間にか勝手に、彼のイメージを自分の中で作ってもいた。

が、この小説を読み始めてみると、これは広島の原爆を題材にした作品で、文章の精緻で美しいことは期待通りだったものの、全身に原爆による火傷を負いながら、奇跡的に生き残った一人の女性の心の軌跡を追っていて、彼女が生きた人生の理不尽さに胸を突かれ、又、傷ついた彼女の心を在りのままに描こうとする福永武彦の執拗な程のエネルギーにも辟易し、私は幾度となく読みあぐねたのだった。

でも、あの悲惨な原爆を始めて体験した人間の心の在り様を、心理分析という手法で一篇のロマン〜物語に仕立てようと挑戦した彼の意欲や、それを誠実に描こうとする真摯な心情も伝わって来て、『死の島』は、私の記憶に強く残る作品となった。

前置きが長くなってしまったが、最近、改めて読んでみたい気持ちになり再読したが、やはり福永武彦と云う作家の渾身の作品に違いなかった。

ところで作品の主な登場人物は、少女時代に広島で被爆し、母も妹も家もすべてを失った画家の萌木素子、愛した夫に裏切られて自殺未遂で入院し、その病院で白血病の治療を受けていた素子に出会い、一緒に暮らすようになった相見綾子、そして展覧会に出品されていた素子の描いた絵『島』を見て、その不思議な魅力に魅かれる小説家志望の青年相馬鼎《かなえ》と云う二人である。

彼ら三人のそれぞれの生活やその心模様が、心の襞奥にまで入り込んで描かれていて、いささか戸惑いながらも、私は物語の中に惹きこまれていったのだった。

時代は１９５４年（昭和28）から翌年にかけての敗戦から朝鮮戦争を経て、日本が次第に復興して行く頃である。

東京の出版社に勤める相馬鼎が、ふと立ち寄った展覧会場で、『島』という絵を見て以来、その絵から伝わってくる虚無的な荒寥としたイメージに強く魅せられる。

そしてその頃、彼が担当していた『平和への手引き』という論文集の装丁に、ふと、その絵を使おうと思いつき、彼は萌木素子に近づいて行く。

素子は教師をしながら、絵を描いて暮らしている自立した女性である。自分に正直に生き、決して現実に妥協しない強さを感じさせる彼女だが、深い悩みを心に閉じ込めているようで、何処か捉え難い謎めいた雰囲気を持っている。

彼はいつしかその魅力に、惹かれて行くのだった。

その素子の心の奥に在るものとは、原爆体験という悲惨でまがまがしい記憶なのである。それが心に暗い闇を作っていて、それから遁れようとすればするほど遁れられない苦しさに、彼女は耐えていたのである。

彼の自分への好意を感じながらも、体中に残るケロイドの醜さを如何することも出来ずに、彼の愛を失う恐怖から、その愛を無視し続ける。

彼が欲しいと望んだ彼女の描いた絵『島』もなかなか譲ろうとはしない。

一方、相見綾子は前述したように、自殺未遂の末に入院した病院で素子と出会い、退院後に行く充てのないまま素子に誘われて、彼女のアパートで一緒に暮らしている。

綾子は良家の娘らしく家庭的で、鼎を素直に信じている人柄からは、両親を家に残して出て来たことへの呵責や、夫の裏切りに傷ついた心の痛みなど全く感じさせず、いつも明るく優しくて、彼の心を和ませる。

この二人の女性との出会いを楽しみながらも、鼎は本当に自分が愛しているのはどちらの女性かと自問自答するものの、なかなか心は決められないのだった。

そんな風に過ぎた一年後のある朝、彼女たちの突然の家出を知らせる電報が、彼女達の住むアパートの家主から、彼のもとへ届く。

彼女たちは被爆地広島で心中自殺をする決心で、広島へ向かったと云うのだ。

被爆した素子ならともかく、優しい綾子が自殺を考えていたなど、彼女の心を読み取れていなかった自分の不甲斐なさを責めながら、彼は取るものも取りあえず社を飛び出し、鹿児島行き特急「きりしま」で広島へ向かう。

そして車中で、広島の病院からの電報を受け取り、彼女たちの一人は亡くなり、もう一人は昏睡状態だと知るのだが……。


作者福永武彦は、この物語の結末を三つの場面で描いている。


(その一)

広島病院の6号病室で、まだ昏睡状態だったのは相見綾子だ。

彼は少し安堵し、何はともあれ萌木素子に会いたいと霊安室を訪れる。

そのベッドに横たわる青白い顔の動かない素子と出会う。彼は思わず『素子さん!』と呼びかける。

そして、一度素子を抱擁しようとして見てしまった全身のケロイドに、思わずたじろいだ自分を責め、己の無力さとこの世の不条理さに打ちひしがれる……。

彼女の胸には、彼女の絵と交換に彼が贈った翡翠のペンダントが着けられていたのだった。

再び6号病室へ戻ると、綾子は目覚めていたが、素子の死に心を奪われていた彼には、「君が生きていてくれて嬉しい」という言葉が出て来ない。

そして綾子もまた、彼のことではなく、素子のことを思い浮かべていたのだった。

「あの人は多分気が違っていたのよ。」と秘密を明かすように呟く。

（その二）

素子は生きている。しかし彼女の開かれた眼は一点を見つめているが、焦点があっているかどうか。

「素子さん、僕です。相見です……」と呼びかけるが彼女の反応はない。

でも、彼女は何か呟いたが彼には理解できない。彼女のうつろな目は、何とも言えぬ恐怖を感じさせ、彼をベッドから引き離した。

看護婦さんは「ショックで精神に障害を受けたらしいので、明日には専門の病院に回すことになっている」と告げる。

彼は再び綾子の病室に戻ると、彼女はすでに亡くなっていて、霊安室に移されていた。

彼は綾子の死を無意味だと独り言つ。

一度は死のうとした彼女だとしても、素子との死を何の屈託もなく受け入れた行為をどの様に解釈したらよいのかと……。

（その三）

素子と綾子が共に霊安室に横たわっていた。

素子の頭の中にあったものは、あの暗い海の上に永遠の現在として浮かんでいた島のイメージ、虚無だけだと鼎は悟る。

彼女の死相は冷たい仮面、拒絶の意思を伝えているようだ。

一方綾子のそれは、まだ生きているように優しく微笑み、今にも目を覚まして彼に語り掛けそうに見える。

「君はどうして死ななければならなかったのだ。何が君を死なせてしまったのだ？」と彼は問いかける。

そして、死んだ二人の顔を見つめているうちに、彼はその答えを見出す。それは綾子の素子に対する純な愛なのだと……。

私は一瞬戸惑った。綾子にとって素子は、何の働きもない自分を支えてくれる姉のように敬愛する人だったとしても、素直に素子の死の道ずれになるとは。死とは、そんなに簡単なことだろうかと。

夫への愛を失って、人生に明るい未来を描けずに、その闇ばかりを見ていたというのだろうか？

ところで、死によって二人からも疎外されて、無益にそこに立っている鼎にも、何も残されてはいない。人生というのは、このように徒労に過ぎないのだろうか。すべては空の空なのだろうかと、彼は茫然として立ち竦む。

やがて彼の意識は、いつか見た夢～荒寥とした孤独な真っ暗闇の世界に呑みこまれていく……。

何処かサスペンス・ドラマの様なスリリングな趣もあるが、福永武彦は、この様に三つの結末の場面を描いて見せる。

そして『終章・目覚め』の章である。

これには、二人の死の幾日か、それとも幾年かが過ぎ去った後の相馬鼎の心模様が、あたかも作者福永武彦の想念とも思える言葉で綴られている。

要約してみると、《……忙しく過ぎて行く現在だけがあって、価値として思い出される過去が無かったとすれば、その人の人生はつまらないものだ。

常に今日を美しくするものは、思い出を振り返ること。そうすれば、人生は再び二度生きられる。否、そういう繰返し、意識の積み重ねの上に、現在というものは過ぎつつあるのだ。……》と。

人生を追想するこの言葉に共感もするけれど、原爆のもたらした不条理な二人の死を過ぎ去って振り返れば、「今日を美しくする過去の思い出」と言っている様にも思えて、この終章には、いささかの違和感が残った。

強い原爆批判の精神から生まれた作品ではあるが、人生という生と死の相克する世界を、被爆体験をモチーフにして描いたのであって、原爆そのものを裁くことが主題では無かったのかもしれないが。

以上が、小説『死の島』の荒筋だが、この作品の構成にもかなり凝った工夫がなされていて、それがこの小説の魅力の一つでもあると思った。

彼女たちの家出を知った鼎が、雑誌社の仕事もそのままに、東京を発ち、夕刻の広島で二人の死と出会う迄の十数時間が、この物語に筋と云うものがあるとしたら、それである。

それを軸に、次の三つの物語が、三篇の小説の形で挿入されて、小説『死の島』を構成しているのだ。

（1）彼が彼女たちに出会って過ごした一年ほどの様々な楽しい物語は彼の回想の形で。

（2）素子と綾子それぞれが歩んで来た人生の諸相、『恋人たちの冬』、『カロンの艀』『トゥオネラの白鳥』が小説として。

（3）「内部」と題した（A）から（M）迄の十三編。此処には、素子の見た原爆投下後の広島の惨状や傷ついた無残な人々の様子が、十三歳の少女の見て感じたままに細密に描かれていて、ふと、原民喜の『夏の花』の描写を思い出させた。

原爆体験が、いかに彼女の心の奥深くに残る癒し難い傷だったかを思わせる。人生の闇を見てしまった素子は、生きることの意味を自分の手に捉え直そうともがいて、遂に捉える事が出来なかったのだ……。

これら、(1)、(2)、(3) の物語が、鹿児島行き急行での鼎の一日の中に「入れ籠」のように挿入されて、小説『死の島』は構成されている。

福永武彦は、このような複雑な構成によって、登場人物の心のあり様を一層リアルに表現しようとしたのだと、彼のこの作品に賭ける想いの強さを感じた次第。

再読して、久々に作家渾身の作品という印象も強く、『死の島』は、私の忘れられない一冊と言える。

無償の働き

数年前の夏祭りの盛んな頃に友人の恵子さんから聞いた話だが、祭り好きの彼女が、自分の住む町の稲荷祭りに出かけると、たまたま祭り見物に来ていた二人のアメリカ青年に出会ったのだそうだ。

祭りの賑やかな雰囲気に、浮かれ気分だった彼女は、つい彼らに話しかけてみる気になり、久々に使う英語だったが、思ったより話はうまく運んだのだった。

会話が進むうち、いきなり彼らは「お稲荷さんって何なのだ?」と、聞いてきた。

彼女は咄嗟に、「私たちの住む町の守り神よ」と答えると、彼らは大仰に肩をすぼめて見せ、「我々のアメリカでは、キリスト教への信仰は、もはや廃れている。今のニュー・レリジョンはマネーだ」と、持っていた紙切れに大きな『$』マークを描いて見せた。

彼女が何と答えるべきか戸惑っている間に、彼らは祭りの雑踏の中に消えていったのだった。

この話を聞いた時、二人の青年は、合理的で経済観念に敏感なアメリカ人らしいとも思ったが、今や、このようなマネーへの強い信頼や執着は、アメリカばかりではなく、世界のいずれの国の人々の間にも見られる現象ではないだろうか。

人間の幸せを保証する最も確実なものといえば『マネー』だという考えは、現代の人々にとって、殆ど打ち消しがたいものになっている……。

最近のニュースにしても、毎日のように新聞やテレビの話題を賑わしているのは、政治家の贈収賄による汚職事件、放漫経営の果ての破綻劇、生命保険金目当ての親族殺人事件、青少年の起こすひったくりや殺傷事件などなど、『マネー』にまつわるものが多く、『マネー』の持つ魔力を改めて思い知らされる……。

ところで話題は変わるが、地球温暖化の影響なのか、近年、とみに台風、大雨、地震などの自然災害が、地球上の様々な地域で起こっていて、そうした被災地の復興を支える活動に進んで参加する人々が、思いのほか多いように思えて、私は明るい気持ちにさせられる。

私が始めて、そうした活動に触れたのは、１９９５年に起きた阪神淡路大震災の時である。弟が神戸住まい。でも、彼の住まいが震源地から少し外れていて、大した被害を受けなかったのは幸いと云うしかないが、被災者の気持ちに寄り添った温かい支援を受け、立ち直る元気が出たと、彼はいつも当時を振り返る。

作家の大江健三郎さんは、彼の作品『ヒロシマ・ノート』の中で、原爆による壊滅的な破壊を受けた広島、その復興や原爆症と戦う人々に人間の何物に屈しない威厳を見て、『人間は信ずるに足る』と書いた。

また、長い紛争に苦しむアフガニスタンの難民救済に当たられていた中村敦さんが、先日、何者かによる銃弾で不慮の死を遂げられたと報じられ無念というよりほかないが、彼もまた、人間の強さ〜威厳を示された人である。

社会が複雑になるにつけ、功利を優先する傾向は、ますます強くなる現状だが、見返りを期待しない純粋な行為を目の前にすると、何やら心が暖められるのは、私だけではないであろう。

「黒人という運命」

私がマイケル・ジャクソンの歌を初めて聞いたのは、今から十数年も前のことだ。

東京に住んでいた娘が贈ってくれた私の誕生日プレゼントが、一枚のCDで、それが世界中でヒットした『スリラー』という彼のアルバムだった。

「彼はどうやら元気になったらしいから、ほっとしています。とてもいい歌だから、一度聞いてみてください」と娘のメッセージが添えられていた。

彼の歌はアメリカを始め世界中の若者に熱狂的に支持されていて、その過密なスケジュールの公演中に倒れて病院へ運ばれたとか、私はそのニュースを何処かで聞いたような気がしていた。

でも、その頃の私は、彼の顔も歌も知らなかった。

「そうか、娘もやはりジャクソンが好きなのだ」と思いながら、そのCDのカバーを開けると、アルバムに挟んであったものらしく、まだ幼さの残る黒人青年の写真が、パラリと床の上に落ちてきた。何か憂い気に、訴えるような彼の大きな目に見つめられて、私は一瞬、たじろぐ思いだった。

その時に受けた彼の印象は、今も私の心に鮮やかに残っている。

１９５０年代以降、ロックミュージックは新しい音楽のスタイルとして世界中に広まった。テレビやラジオを通して街角に流れるテンポの速い荒々しいリズム、単純で叩きつけるような激しいビート、若者の抑圧された感情を解き放つような絶叫、それらは、私にはいつも騒音のように聞こえ、とても馴染めない音楽だった。

でも、娘が「いい歌」だという『スリラー』ってどんな曲だろうと、そっとアルバムをデッキの上に乗せてスイッチを入れた。

すると曲は、思いのほか軽快な明るいドラムの音で始まった。

何か始めたいんだろ
何か新しいことに取り掛からなくちゃ
乗り越えるには高すぎるし
くぐり抜けるには低すぎる
君は真只中に立ち往生して
雷に打たれたように、

苦痛を味わっている

(Wanna Be Startin' Somethin') より

私が思っていたようなロックの激しさはなく、むしろ女性的と言って良いほどの優しい歌声に、思わずため息をついてしまった。

「ロックにもいろいろあってね、このごろはポップス調なのよ」と娘が言うように、彼の歌は、鬱屈した時代の若者の恋歌なのだろう。

素敵な彼女は僕のもの

そうなんだ

素敵なあの子は僕のもの

(The Girl is mine より)

このフレーズが、幾度となく繰り返されて、私はまたもやため息をついた。

「一度、彼の最近の写真を見てよ。整形して顔も白く、前とはまったく違って綺麗なのよ」と電話の向こうで云う娘の言葉に促されて、私は整形した彼の白い顔を見たが、そこには深く屈折した陰りが感じられた。

私には、初めて見た円らな瞳の黒い顔の方がはるかに魅力的に思えた。

「黒人の彼がアメリカで歌うことの難しさ、そのプレッシャーを考えてみたら?」と娘は、あくまでもジャクソン贔屓であった。

その後、怪奇と思えるほどに整形し、数々のスキャンダラスな事件を起こしたけれど、(その詳細は伝えられないが)「King of pops」と呼ばれた彼ですら、娘の言うように、白人社会の差別の壁は乗り越え難かったのだろうか。

私は彼の突然の訃報を聞いて、華やかな舞台に立つ人の「黒人」という差別、そして彼の深い孤独を改めて知ったような気持ちだった。

村上春樹の『一人称単数』を読む

コロナ感染の広がる中、家に籠らざるを得ない日々が続いて、ふと気晴らしに散歩に出かけると、私の足は自然に、駅改札と隣り合った本屋『book1』に向かっていた。

私の家から近くて気の利いた本屋と云えば、この店ぐらいのものだが、いつもあまり広くない店内は、立ち読みの人や本を探す人などで混んでいて、店内を移動するのにも気を遣う。

でもこの日は、コロナのせいもあってか、客は少なく、あちこちの棚をゆっくりと眺めることが出来た。

そんな私の目に留まったのが、『一人称単数』という表題の一冊、村上春樹の短編集だった。

二人称単数という単語なら、中学生になって英語や国文法を学んで以来、馴染んできた言葉だが、一人称単数とは、言い換えれば「私」と云うことだ。

が、あまり聞きなれない表現。春樹らしいなと思いながら、棚から取り出してみると、思った通り、今まで書かれていなかった彼のプライベートな身辺雑記のようなもので、八編の短編が載せられていた。

主語はすべて僕。私は面白そうと買って帰り、さっそく読んでみたのだった。

前半の五編は、彼の愛して止まないジャズやビートルズへの賛歌であり、また球場の近くへ転居するほどの野球~特にスワローズの大ファンで、応援の詩まで書いている。いつも精密に計算された推理小説を書く作家とは違った顔を見せてもいて、楽しんで読めた一冊だった。

私が彼の初期の作品、『ノルウェイの森』や『ねじ巻き鳥クロニクル』を読んだのは、三、四十年も前のこと。

もはやその内容は、あまり覚えていないが、現代の大都会で生きる若い男女の生活というか生態が、いささか哀愁を帯びて描かれていて、読み物として面白かった記憶はある。

ところで今回の一冊は、題名の示す通り、全く彼のプライベートな生活が紹介されもしていて、人間村上春樹の顔を、ちらと垣間見た様な気もしたのだった。

雑な紹介だが、前半のその五編では、彼が熱中するほど好きなジャズ、特にビートルズの話。それにプロ野球、特にスワローズの熱烈なファンで、自宅をスワローズの根拠地である東京球場の傍に選んでいるし、スワローズの応援歌も作っているという話が、楽し気な筆致で描かれているが、残念ながら、私はジャズもビートルズもあまり知らないし、野球も特に応援する球団もない。

ただ、後半には、彼の最近の作品と思われる三編~『謝肉祭』、『品川猿の告白』、『一人称単数』が載せられていて、いずれもが、彼の持ち味いっぱいの作品だった。

簡単には紹介し難い作品だが、『謝肉祭』は、コンサートで出会った見知らぬ女性との作曲家シューマンの作品『謝肉祭』をめぐっての音楽談議で、シューマンをあまり好きで無い私は、春樹の音楽についての造詣の深さに、驚くばかり。

『品川猿の告白』は群馬県の山間にある古い温泉宿に住みこんでいる一匹の老いた猿の話。言葉も話し、湯治客の背中を流し、人間の女性にしか恋情を感じないという不思議なサルのことが、綿密な筆致で描かれていて、本当に実在するかのよう。

『一人称単数』は、大都会の中の見知らぬバーで、初めて出会った一人の女性に、「恥を知りなさい！」と、彼の触れたくない過去の出来事を激しく非難されて、言い返すことも出来ずに店を出ると、辺りは、いつもの静かな夜更けの街ではなくて、見覚えのない街で、街路樹には、ぬめぬめとした太い蛇たちが、蠢いていた……。

私には、怪奇な夜の静寂が、そくそくと伝わってくるように思えた。

バーで出会った女性の『恥を知りなさい』と云うその声が再び聞こえて、この作品は終わっている。

春樹は、この一編で、何を言おうとしたのか。人間はただ一人で、真っ暗闇の怪奇なこの世界を生きていかねばならないと言いたいのだろうか。

これまで私の持っていた春樹のイメージ〜冷静で理知的な人〜とは、全く違う一面を垣間見たような気もしたが、いささか難解な一冊だった。

『こだわる』と云うこと

私の読んでいる岩波の月刊誌に、もう数年も前のことだが、『私のこだわり』と云うコラムが連載されていた。

書き手は著名な作家や評論家が殆どだったが、自分自身の持っている拘りを、いろいろ吐露されていて興味深く、面白く読んだ。

それまで抱いていた当の執筆者のイメージとはおよそ違った一面が、思いがけず垣間見られて、楽しいコラムだったのである。

もっとも、日常の食べ物や持ち物、お洒落などに関する拘りが書かれている場合は、書き手にとっては無難で容易いけれど、読み手には訴えるものが少ない。

やはり、生き方についての拘りが書かれていると面白いし、「そうなのだ！」などと考えさせられもして、その書き手に新しい興味を覚えたものである。

例えば、評論家の川本三郎の書いた一文には、彼は何に拘るのか、そしてその理由までが、成程と納得できるように書かれていて、興味深かった。

彼が云うには、「する」より「しない」ことの方が大事ではないかと言い、他の人間がしていることでも、己はしないという禁止事項を作って、それに拘っているのだと云う。

そして作家の故藤沢周平も「しない」ことに拘った人ではないかと言っていて、生前、彼は物事に拘らない性格だと云いわれていたとか。

でも、彼の娘遠藤展子は『父・藤沢周平との暮らし』の中で、周平について、物事に拘らないのではなく、普通でいること、平凡な生活を守ることに拘っていたのだと語っているとも紹介されていたが。

ところで、ものを書く仕事をしている彼、川本三郎の禁止事項「拘り」とは、言語学者金谷武洋の『日本語に主語は要らない～百年の誤謬を正す』（講談社選書メチエ）の主張に同感して、文章に、私と云う主語を使わない事なのだそうだ。

それを藤沢周平流に云いえば、「主語の私を消すことで、文章が派手でも、目立つでもなくて、すっきりした気分になった」とか。その拘りが至極気に入っている様子だった。

早速私も、『日本語に主語は要らない』を読んでみたが、金谷武洋の日本語を改革しようとする熱意は伝わって来たものの、内容は文法論などで難しく、しかも多義にわたっていて、持て余してしまった。

ともかく彼の主張を簡単にい云えば、明治期以後の日本語が、日本語の持つ感性と全く異なる英語の文法に基づいて規定されたことで、百年の誤謬を生んだと云うもの。

英文は、主語、述語、目的語が必要だが、日本語の構文は、例えば、「愛らしい」「赤ん坊だ」「泣いた」と云う風に、述語だけで基本文として独立している。

言い換えれば、英語は主語が中心だが、日本語は述語中心だとも言え、前述のように、主語がなくても、成り立つと云うわけだ。

それなのに、英語の文章には、必ず主語と述語が必要と決められていたので、日本語もそれに倣ったのである。

そしてそのことで、日本語の持つ直截で心地よいリズム感が失われたと言えるのかもしれない。

金谷武洋のこの著書を読んでから、私も主語に「私」を入れるか、入れないかに拘るようになった。

ところで、全く視点が異なるのだが、《人は何に拘るか》よりも、《人は何故、物事に拘るのか》の方に、私はより興味が湧く。

思うに拘ると云う行為は、人が意識する、しないに関わらず、自分の人生（生活）をスムースに過ごすためと云うか、楽しむための巧まぬテクニックだと言えるように思うがどうだろうか？

はたまた、人は、それぞれの歩んできた人生の道程で、深く心を動かされる問題に出会った時、人生への強い情念に掻き立てられるが、その情念が、人に拘りの心を抱かせるのだとも、私は受け止めている……。

いささか飛躍するが、西欧人の物の考え方の根本には、「個」即ち「私」が根強くあり、それを獲得するのに、どれほどの長い時間と大きな犠牲が払われて来たかを考えると、その拘りの強さが、近代ヨーロッパの個性的で多様な文化を生み出したと言えるようにも思う。

日本人は、どちらかと云えば、「個」よりも「和」に拘る気持ちが強いと云われて来た。

川本三郎が50歳を過ぎてから、主語の「私」を文章から消して、すっきりした気分になったと云うのは、彼もやはり「和」を好む日本人的な感性を受け継いでいると言えるのではないかしら。

「拘り」の根は、案外、民族の生活意識の中に有るのかもしれない……。

そんなことをあれこれ考えながら、私は今何に拘っているのかと自問してみると、大して思い当たることがない。

子供のころから、「何事にも、あまりこだわらない子だ」とよく言われていて、それを褒め言葉と受け取って来たが、今でも、あまり物事に頓着しない性質のようである。

そしてそれは、気楽なことだと思っているのだから、私も「しない」ことに拘っている人間なのかしらん。

ただ強いて云えば、80歳を超えた私の今の拘りは「いつもマイペース」であるが、実行するのは、なかなか難しい。

縄文への憧れ

昨年（２０１９）５月のことだったが、大阪市、羽曳野市、藤井寺市と三市にまたがる古墳群～百舌鳥・古市古墳群が、ユネスコの世界遺産に登録されるというニュースが伝えられた。

近年、世界でも日本でも、あちこちの古墳や遺跡の発掘が進み、人間の歴史を跡付けるのに貴重な研究資料が出土している。平和な時代ならではの有難さだ。

そんなニュースを聞くたびに興味を覚えて、映されるテレビの画面に目を凝らすのは、いつものことだ。

それにしても、発掘現場で開かれる見学会に集まる大勢の考古学ファンの姿を見るにつけ、彼等の好奇心の旺盛さが伝わってきて、私はいつも感心するばかり。

やはり人間には、己のルーツを確かめたいという強い思いがあるらしい。

そんな折、決まって私の意識には、広大なアジア大陸を背に、アメリカ大陸にまで広がる太平洋と向き合って、細長くアジアの東端に身を置く日本列島に、人はいつ頃、何処からやって来て定住する様になったのか、その昔の人々の精神世界というか心象風景ってどんなものだったのか、そしてそれが、現代の私たちの心の何処かに、無意識の遺産として刻まれているのだろうか、などという漠然とした想いが湧いてくる…。

そして、その日本の西の端に浮かぶ小さな沖縄の島々の存在もまた、いつも私の関心を呼び覚ます。それはこの島が、先の大戦の激戦地となり、多くの島民の方々が亡くなられたと云う悲しく辛い歴史を思い出すからでもあるのだが…。

その大戦は１９５０年に終わり、日米間に安全保障条約が結ばれ、アメリカの軍事基地が、首都・那覇に置かれることになって、その基地をめぐり、絶えず日米間に摩擦を起こしてきたことは周知のことで、私の記憶に強く残っているその一つは、那覇に駐留していたアメリカ軍兵士による少女暴行事件である。それをきっかけに、沖縄の人々と駐留軍との間の摩擦が烈しく吹き上がったのだった。

当時大学生だった私の受けた衝撃も大きくて、大学での抗議集会の後、たまたま立ち寄った本屋で、異色の画家であり民俗学者としても当時活躍されていた岡本太郎の著書『沖縄文化論―忘れられた日本』を見つけて、彼が沖縄をどのように捉えているのか、とても興味をそそられ読んでみたのだった。

読み始めてみると、それは本土復帰前の１９５９年の沖縄を書いたもので、私の期待とは大きくずれてはいたが、彼独特の大げさとも素直とも思えるおおらかな文章に惹かれて、一気に読んでしまったことを思い出す。

「沖縄の現地ルポを書いてください」と雑誌記者に言われただけの、気安い遊びのつもりの旅だったそうだが、訪れてまず彼を驚かせたのは、海に囲まれた狭い沖縄に、その頃の日本には無い「大陸的と言いたいほどの伸びやかさ、陽気さ」を感じたことだったそうだ。

それは旅先で出会う島の人々にも、八重山諸島で聞いた民謡の数々、また島のあちこちで見た民衆芸能の踊りにも感じられた、沖縄の肌触りとでも云うようなものだとか。

また、本島最南端の久高島で神と交わる（祝女）ノロという老女に出会い、彼女の凛々しい威厳のある風貌にも魅せられる。

更に、彼女の息子に案内された御嶽（神の降りてくるという聖所）の光景は、神聖な石であるかもしれないが、幾つもの石が何の飾りもなく、そこに転がっているただの広場だったという。そしてそれこそが、太郎が心に抱いていた日本の古代のイメージにぴったり重なるシーンだったそうで、「日本の古代も神の場所はやはり此処のように清潔に、何も無かったのではないか、おそらく我々の祖先の信仰、その日常を支えている感動、絶対感は、これと同質だった……」と、興奮した言葉を漏らし、言いようのないほど激しいノスタルジアを感じたとも書いていたのだった。

太郎のその言葉は、「日本人のルーツは沖縄だ」と言っているようにも思えて、私の沖縄への関心は、一層強まったともいえる。

ところで、その頃手にした山本七平の『日本人とは何か』を読んでいると、京大ウイルス研究所の前所長だった生物学者の日沼頼夫博士の報告が紹介されていて、それによると、人間の遺伝子が持つＡＴＬウイルス（このウイルスの働きは説明されていない）のキャリアは、東アジアでは日本人にしか見出せなくて、中国人・韓国人の中には全くない。

日本でも彼らは、九州・沖縄や南の離島や海岸地方に圧倒的に多く、またアイヌなどの沿海州からサハリンの少数民族にも、高い密度で分布しているとか。

そして、アイヌと沖縄（琉球人）は、それ自身小進化はして来たものの、弥生人からの影は殆ど受けていないと云うものだった。

日沼博士の報告を言い換えると、純粋に縄文人の血脈を受け継いでいるのはアイヌ人と沖縄人（琉球人）だといえる。

その後自然人類学の解説書を読んでみたら、紀元前１万年から３００年までの縄文という時代に、沖縄から北海道までの日本列島に住んでいたのは、南アジア系モンゴロイド、いわゆる縄文人と呼ばれる人たちだ。

そして、前３００年から８世紀の奈良朝までの１０００年間に中国北部、東シベリア、朝鮮半島からやってきたのが北アジア系モンゴロイド、弥生人である。

それにしても、日本人といわれる集団は、いつごろから弥生人との混血が始まったのかわからないが、その彼らが、先住の縄文人を征服同化していったことは古代史の記すところだ。

日本書紀などに描かれている日本武尊の「ハヤト」征伐や、桓武天皇の時代に度々行なわれた朝廷の蝦夷征伐などの物語は、その例ではなかろうか。

歴史小説家の高橋克彦は、小説『火怨』の中で、蝦夷征伐の朝廷軍と闘った蝦夷の首長「阿弖流為」を、野人らしく勇猛果敢で、しかも礼儀に篤く、優しい人物として描いている。

日本の戦国時代の物語にも、「阿弖流為」のような武将が、しばしば描かれてきたように思うのだが、その人間像は、私たち日本人が抱いてきた男の理想像だったのでは？

そして、そのような素朴で情に厚く、直線的な思考傾向というのは、やはり縄文人から受け継いだ資質ではないかと、思う私である。いささか急ぎすぎた結論ではあるが……。

こんなことを考えていると、縄文という時代に、少し踏み込んでみたい気がするが、それは、沖縄への関心と、何処かで繋がっているようでもある。

先生の背中

私が高校へ入学したのは、先の大戦が終わった１９４７年の４月で、新しい民主主義教育を目指した教育基本法が交付され、６・３・３・４制へと改革が行われたのだった。

教育の機会均等が叫ばれ、男女共学が始まったその時代で、私の暮らす大阪の北摂地域でも、旧制中学校と旧制女学校とが数校の間で合併し再編されて、現在のような新制高等学校が幾つか誕生したのである。

私の通っていた女学校でも、全校生徒の３分の１が男子生徒になり、廊下を歩く大きな足音やドアを開閉する度に聞こえてくる荒々しい騒音で、それまで静かだった女学校の生活は一変したのだった。

それに、男子校で長らく教鞭をとって来られた先生方が何人も移動してこられ、その先生方は何となく強面で声も大きく、優しく穏やかな女学校の先生方とは違った雰囲気で、私たち女生徒は少なからず戸惑いを感じていたものだった。

やがて新学期が始まると、私たち女生徒の間では、どの教科をどの先生が担当されるのか～特に数学はどの先生が受け持たれるのかが、元来数学に弱い女生徒たちの専らの話題となっていた。

ところがこともあろうに、私たちのクラスの数学担当は、長い間男子校で教えてこられた厳しいという噂のF先生だと知らされて、クラス中は一瞬、緊張のあまり声もなく静まり返ったものである……。

そのF先生は始業のベルが鳴るや、背筋をピンと伸ばし、小脇にチョーク箱と教科書を抱え、勢いよく教室に入って来られる。

そして教壇に立たれると、挨拶が終わるや否や授業に入られる。

国語や歴史の時間は活発なクラスメイトも、出来るだけ先生と目が合わないように俯き加減である。でも、先生は私たちの気持ちやクラスの雰囲気など一向にお構いなく、誰彼となく質問を浴びせかけられるのは、いつものことなのだ。

もし答えられなければ、正解が出るまでその場に立っていなくてはならない。友達からの囁くような助け舟もあったが、恥ずかしさと情けなさに耐えねばならず、数学の1時間は、緊張の連続だった。

ところで、F先生は40歳前後、風貌といえば、男前というには程遠かった。背は低く、筋肉質の体格。それに顔色は夏の海辺で見かける若者たちのように赤黒く、私には復員された海軍さんという印象だった。

が、1年間の授業中に一度も戦争のことを話されたこともなかったし、ご自身の私生活を語られることもなく、数学一筋の先生と受け止められていた。

力強く明晰な説明、黒板に数式や図形を書かれる時のはじけるようなチョークの音、私たち生徒に向けて語られる言葉からは、先生の授業への熱意が伝わってきたものだった。

その生真面目な先生に、唯一気になる癖があった。

それは数式や図形の表記として使うアルファベットのA、B、C、Dの「D」を、いつも「デー」と発音されることで、皆が笑うと、一瞬白い歯を見せられるのだが、その時の茶目っ気たっぷりの笑顔は何ともチャーミングで、私たちの緊張はいつの間にか解けているのだった。

でも、発音は一向に訂正されはしない。それで、誰いうとなく、先生を「デーさん」と呼ぶようになったが、それを知っておられたのか、否か、微かに表情を緩められながら、やはり「デー」と発音されるのだった。

そんな数か月がたつと、いつの間にか数学の時間が、それまでのように重荷ではなく、むしろ楽しい時間になっていたのである。

ともあれ、私たちのクラスの中で、後に大学で数学を専攻した人は1人か2人だったが、私には、代数や幾何の命題に挑戦し、それが解けていくプロセスの面白さが理解できたように思えて、あの頃の教室の雰囲気は、今でも懐かしい。

振り返ると、私がF先生から学び取ったものは数学ではなかった。先生が黒板に数式や図形を描かれる時のチョークの音や、背筋のピンと伸びた先生の背中から伝わってきたもの。それは、物事に対する一途さ、ひたむきさ、とでも言ったらよいのだろうか。

「学ぶ」と云うことは、例えば「数学」という意図された課題とは無関係に、設えられた教室という舞台から、学ぶ側が主体的に何者かを受け止めることだと云えないだろうか。

ある学びの場で、１人の先生が教えようと意図されたことと、学ぶ側の生徒が学んだこととは、必ずしも同じではないと思う。教育の難しさは、ここにあるような気がするのだが……。

近頃、教育の現場で起こる様々な問題が報じられていて、教育の難しさを思うことしばしばであるが、そんな時思い出すのが、F先生のことである。

市（まち）の図書館

私の市の図書館は、家から、近くを通る阪急電車の線路沿いの道を、歩いて20分ほどのところにあります。

又、その電車を利用すれば、一駅梅田寄りの「岡町」で降り、西口を出ますともうすぐ目と鼻の先で、十分とかかりません。

けれど、私は、右に左に曲がりくねった裏道の、家々の間を散歩がてらに歩くのが楽しくて、いつもその道を通って行きます。

もう30年も前のことになりましょうか、娘や近所の子供たちが通った小学校も、この図書館の隣にあり、彼等もこの道を通学路にしていました。

その頃は、そこここに、まだ土道が残っていて、濃い緑のかいづかの垣根や、艶やかな赤芽垣の家が続いていましたし、大きな桜の古木がある古い公園やら、野菜を収穫した後の、土が掘り起こされたままの空地など、自然の営みが感じられる静かな道でした。

今では、どんな路地裏の小道も、すっかりアスファルトで舗装されて、小さな雑草すら影を潜めてしまいました。和風の大きな屋根が、いつの間にかマンションに建て変わっていたり、新しいタイル張りの住宅が狭い土地にちまちまと建て込んでいたり、それでいて子供達の姿は余り見かけられず、すっかり潤いの少ない淋しい道になりました。

でも、思いがけず、古い表札にある名前から昔の記憶が蘇り、その主の顔なども思い出して、しばし心の温まることもあります。

こんな風にあれこれ考えながら歩くうち、30分くらいで、目指す「岡町図書館」に着くのです。

岡町界隈は、市役所あり、商工会議所あり、裁判所ありと、いわゆる市の中心地。その上、大石塚、小石塚などの古墳遺跡や、市の発祥の地といわれる原田神社も大切に守られていて「岡町」は、市の顔だという自負を、地域の人々は、いつも持っているように感じられます。

もっとも、この半世紀ほどの間に千里丘陵が開発され、そこに、新しい住宅やマンション群が立ち並ぶ近代的な街が生まれました。新大阪駅に近く、北大阪急行も走り、地下鉄との連絡も良いし、モノレールも通るとあれば、今や、市の表玄関は、その千里地域に移ってしまったと思っている人も多いでしょう。

でも、この「岡町図書館」は豊中市史によると、１９４５年（昭和20年）敗戦の年の三月に建てられ、後に改修されはしましたが、円筒形のクリーム色をしたコンクリート建築で、古いながら一種独特のお洒落な雰囲気を持っています。私には当時の市の人々の文化を大切に思う気持ちが、そこに込められていると思えてなりません。

それは３階建てで、１階が児童図書室、２階には受付と文学、芸術関係の本や閲覧室、それに自然科学、社会科学、医学などの書物類の部屋と、書庫などがあります。

この頃では、ＣＤコーナーも増設されて、若者の人気を集めているようです。

書庫に入って驚かされるのは、壁や窓際に一人用の椅子が数脚置かれているのですが、たいてい年輩の男性が座り、こっくりこっくり昼寝をしていることです。

私は、冷暖房完備の静かで広々とした部屋は、すっかりくつろいだ気分にしてくれるのだなと、内心可笑しくもあり、無為に流れる時間が惜しいような気もして眺めてしまいます。

３階の資料室は、さすがに、しんと静まり返り、机に向かって熱心に資料を読んだり写している人ばかり。私は、思わず足音を忍ばせていました。

昨今のご時世では、市の財政も豊かとは言えないからでしょうか、やはり蔵書は少ない気がしますが、嬉しいことに、私は、時々思いがけず気に入った本に出会うことがあるので、図書館参りは続きそうです。

その一つに、谷川俊太郎の詩集『空に小鳥がいなくなった日』があります。この詩集の中に出てくる同じ題名の詩や「ふるさとの星」などを読みますと、最近の自然破壊が進む地球の現状が、深い悲しみとアイロニーを込めて歌われていて、その言葉のナイーヴさ、直截さは、私の心に深く染み渡る思いがしました。

空に小鳥がいなくなった日

森にけものがいなくなった日
森はひっそり息をこらした
森にけものがいなくなった日
ヒトは道路をつくりつづけた

街に子どもがいなくなった日
街はなおさらにぎやかだった
街に子どもがいなくなった日

ヒトは公園をつくりつづけた
空に小鳥がいなくなった日
空は静かに涙ながした
空に小鳥がいなくなった日
ヒトは知らずに歌いつづけた

（一、三、五節のみ）

又、安岡章太郎の小説集も心に残るものでした。

特に、中編とも言える『海辺の光景』は、年老いて呆けた母親を看取る男を描いたものですが、彼の心情の余りにも素直で、巧まぬことに、私は、少なからず感動しました。高齢の今なお、創作活動を続けている安岡章太郎の大きくて暖かい心に触れた思いでした。

職業軍人だった父親の不在、母親からの愛も薄く育った主人公の男が、戦後、東京でようやく暮らすうち、突然、母の介護と看取りを引き受けざるを得なくなります。

親との絆を切り捨てたい気持ちと、心の中に湧いてくる親への愛着とに揺れ動き、重く沈む男の気持ちが、暗く冷たく淀んだ冬の海のイメージと重ねられて、もの悲しい作品ではあります。

それからもう一つ。それは、詩でも小説でもありませんが、宗左近の『日本美 縄文の系譜』という一冊です。

近頃、日本人やその文化の原流を探ろうとする研究が盛んですが、これを読んで、私は「縄文」て何だろうと、考えてみたい思いに突き動かされたのです。

宗左近は、縄文こそ日本のルーツであり、縄文人の美意識や、祈りの形は、伏流水となって、現代の日本人の中に流れているのだと語っていて、その語り口は、縄文への熱い憧憬を謳った詩のようでもありました。

私は、日本人の遥かな歴史に、ロマンチックな憧れをかき立てられたのでした……。

ところで、最近は、市の図書館も、千里、庄内、野畑、東豊中、庄内幸町と、地域毎に建てられています。

でも、私は、近くて親しんで来た「岡町図書館」をやはり愛用しています。読みたい本のリストが増えてきますと、自然に足が向ってしまうようです。

〃ごみ〃の行く方

20世紀この方、特に先の大戦後は、日常の暮らしの中で、化学工業の発展は目覚ましいと感じることが多い。

それと云うのも、いろいろな化学物質の合成によって新しい素材が生まれ、それらが様々な日常雑貨として製品化され生活に取り入れられていて、私達の最近の暮らしは、かつてない程に便利で豊かになっているのだから。

そうした新しい化学素材の一つを挙げるなら、やはりそれは、プラスチックだろう。

このプラスチックと私との出会いは、１９６０年代～私の子育て時代の〃おもちゃ〃が始まりだったように思う。

それまで、木や土、紙や布などの天然素材で作られていた「積み木」や「ままごとセット」などの〃おもちゃ〃が、いつの間にかプラスチック製に変わり、百貨店などの玩具売り場では、軽くて扱いやすいこと、鮮明な彩色の美しいこと、それに何と云っても安価なことで、若い母親たちの人気をさらっていたのである。

やがて時代が進むにつれ、それは台所用品や家具などの日用雑貨、カメラ、スポーツ用品、それに車の部品、ｅｔｃ、ｅｔｃ。考えただけでも、様々な日常生活に入り込んでいて、その用途の多種多様さには、驚くばかりなのだ。

始めは、偽物の安直さに反感さえ感じていた私だが、大量に生産され、安価で、簡単に使い捨てができる気楽さから、いつの間にか大いにその恩恵を享受して来たのだった。

この様に、プラスチックと云う化学物質は、人間生活に次第に浸透して、今や不可欠のものとさえ言えるのではないだろうか。

このプラスチックは、主に炭素と水素から合成されるそうだが、作られたら最後、永久に腐らず、分解せず、したがって土に還らないもので、使い古したら砕いて土に埋める以外、廃棄する方法はないという。

最近、琵琶湖の湖底で、割れもせず解けてもいない、捨てられたままのプラスチックごみが大量に堆積しているのが発見されて、テレビの映像で紹介されていたが、これらが、琵琶湖の自然環境や棲息している魚達に、何らかの影響を与えないだろうかと、不安にもなった。

また、プラスチックの中には、塩素を含んでいるもの～いわゆる塩化ビニール系のプラスチックがあるという。

それが他のごみと一緒に燃やされると、最近、度々問題になる有毒物質・ダイオキシンが、必ずと云って良いほど発生するのだとか。(『ごみと化学物質』岩波新書)

私の記憶にあるのは、20世紀の終わりか21世紀の初ごろのことだったが、食品の包装に便利この上なく使われていたラップ・フィルムの素材が、燃やすとダイオキシンを排出する塩化ビニール系のものと解ったのは、私達がそれを使い始めてから、すでに可なりの月日が経っていて、台所を預かる主婦たちを驚かせたできごとである。

被害を受けた人がいたかどうかは記憶にないが、塩素の入っていない現在のポリエチレン系のラップに変わって事なきを得たけれど、化学製品の品質に無知でいることは恐ろしいと、その時、強く思ったものである。

ところで私達は、日々不用になった廃棄物〝ごみ〟を排出しているが、当然に、その〝ごみ〟の中には、有害なダイオキシンを発生するプラスチック製品も含まれている。

そして、その収集されたごみの処理は、それを排出した市町村などの自治体が責任を持つのが原則なのだが、現在のごみ処理技術と云えば、焼却、圧縮、破砕、脱水などぐらいで、処理後、資源として再利用されるものを除けば、やはり最終のごみは、埋めることになる。

その処理の過程である焼却の際には、必ずと云って良い程、ダイオキシンは発生する。

私達の住む豊中市では、もう10年ほど前に隣接する伊丹市と共同で、最新の処理能力を持つごみ焼却施設を作ったと、それを誇りにしている。

それにしても、ダイオキシンの発生を防ぐには、燃焼温度８００度以上が必要で、一日に３００トン以上のごみを焼却できる大型施設でなければ、それは不可能だという。

（『ダイオキシン』岩波新書）

その様な施設を持つ自治体は、現在の日本に、どれほどあるだろうか。

それに処理後、資源として再利用されるものを除いた最終ごみは、やはり埋め立てることになる。

が、工場や住宅地の密集する大都会などでは、その土地確保は容易ではないし、又、土地があったとしても、住民の同意がなければ処理場を作ることはできない……。

昨年の8月のことだったが、北摂地域の能勢町と豊能町の環境施設組合が、ダイオキシンを含む自地域内のごみを、神戸市内の空き地にこっそりと越境し埋め立てたことが発覚し、神戸市から告発されたという朝日新聞の記事を読んだ。

この様なごみの埋め立てをめぐる問題も、表立って報道されていなくても、結構多いのかもしれない。

ごみを処理するには、燃やして埋め立てればよいとする今までの考え方で良いのだろうか、と考えてしまう。

更に、原子力発電が再開されて、使用済み核物質〃核のごみ〃の処理方法も悩ましい問題で、核物質の残留期間が半永久的なことを考えると、ただ埋め立てるだけで済まされるものだろうか？

最近のことだが、植物油脂など１００％植物由来の『ＰＨＢＨ』と云うプラスチックが、化学メーカー大手のカネカで作られ、海中の微生物によっても分解されると、国際的な認証機関に認められたという新聞記事を目にした。

それが広く使われるようになれば、世界各地の海に広がっているプラスチックごみを無くすのに、役立つのではと期待されているらしい。この例は、海中のプラスチックごみ処理についてだが、〃ごみ〃問題の解決には、やはり、科学の力を待たねばならないのかもしれない。

かつて私は、「先ず、〃ごみ〃になるものをできるだけ入手しないこと」などと云う滑稽なようでもあるし、難しい意識改革を、自分に課したこともあるのだが……。

「青い蝶」

もう30数年も前のことだが、私は何の不安もなく近くの診療所で、年に1度の定期検診を受けた。ところが1週間後の検査結果を見ると、思いがけぬことに肝数値が異常に高かった。

「B型肝炎を発症しているらしいね。すぐ入院した方がよい」と、いつも穏やかな所長の大塚先生が、厳しい顔で言われたのだった。

それまで、何の自覚症状も感じていなかったのに、急に体のけだるさを覚えて、私はうろたえた。

「早い方がいい」と先生がすぐに紹介して下さったのは、先生もその病院の診療スタッフである大阪市内の西浦病院とやらで、私は全く初めて聞く名前だった。が、あれこれ考えている暇もなく、否応なしの入院となってしまった。

入院早々検査、検査が続いた末、心配された肝がんや胆石などではなく、やはりB型肝炎の発症と診断され、1か月余りの入院生活を余儀なくされたのだった。

この病気は、現在感染が広がっているコロナと同じで、ウイルス感染で発症するのだが、残念ながら当時の医学では、その感染経路を特定することも出来ず、ウイルスに対するこれといった特効薬も開発されていないというのが実情で、医療体制は現在のコロナ感染への対応より、遥かに整ってはいなかった。

私の場合も、何処で、どうして感染したのか、まったく解らなかった。

ただ、感染力がコロナより低いというのが救いだったかもしれない。

それに病院での治療といえば、肝臓の負担を出来るだけ軽くするための安静と、最も効果があるといわれていた「強力ミノファーゲン」の点滴投与ぐらいのもので、それで何とかウイルスの活動を抑制し、症状の鎮静化を図ることしか方法はなかった。

幸い私は、1か月余の治療で炎症は治まり退院は出来たのだが、当面完治は望めないので、引き続き診療所で、週3回の点滴と週1回の肝機能検査とを受けねばならぬという不本意な結果となった。

そして退院から1か月後に受けた検査では、医者の指示通り慎重に安静に務め、点滴治療を続けたにもかかわらず、その結果はあまり芳しくなかった。

そこで所長の大塚先生は、阪大病院の研究室から、週1回だけ午後の診療に通ってこられる肝臓専門の幸田医師に、私の治療を任されたのだった。

初めての診療日、新しい先生への期待と不安で緊張していたのか、私は午後の診療時間より小1時間も早く5時過ぎには、まだ誰もいない待合室に座っていた。

それは9月半ばのこと。成り行き任せの気分で、私はとりとめもない思いに耽りながら窓越しに見える人々の行き交う姿に、微かな秋を感じていた……。

やがて待合室は、1人、2人と診察を待つ人で混み始め、6時に「ただ今より診察を始めます。西村さん！」と、一番に若い看護師さんの元気な声に呼ばれて、慌てて椅子から立ち上がった。

診察室に入ってみると、今下したばかりと思えるほど折り目の効いた真っ白な診察着姿の30歳前後の若い先生が、机に向かってじっとカルテを読んでおられた。

「こんばんは！」と挨拶した私に、先生はちらっと眼を向けられ、左手で傍らの椅子に掛けるように指示されただけで、いつまでもカルテを見つめておられるのだった。

「そうか、彼にとって私は新患なのだ」と改めて気づいたが、「それにしても、私のカルテを読まれるのは、今初めてなのかしら？」などと、いささか不安にもなって、私は先生の横顔を眺めたのだった。

その時私の目に入ったのは、形の良い額、しっかりとした鼻筋、きりりとしまった口もと、下顎から耳にかけての曲線のシャープな美しさだった。

更に、7、3に分けられたくっきりとした生え際の若々しさにも、私は戸惑った。

「野村萬斎やわ！」と、思わず独りごちた。私の気に入りの狂言師、野村萬斎の横顔もこのように美しい形をしていて、そこから醸される男のエロスは、いつ見ても魅惑的なのだ……などと、私の気持ちは思いがけぬ方向に向かってしまっていた。

その時、先生の独り言のような声がした。

「入院しておられたのですね？　血管造影までやっておられるんだ。それで大丈夫だったのなら、心配することはないですよ」と、始めて私の方に顔を向けられた。

『血管造影』とは、静脈から肝臓に造影剤を入れ、肝臓の断層写真を撮る方法で、微細な肝がんや肝細胞癌の早期発見ができるというもの。

先生は更に、「肝炎治療に有効な新薬が出てくるのも、もうすぐですよ」とも言われた。私が改めて座り直すと、先生の澄んだ目が、若々しい自負の色を帯びて、私を見つめられていた……。

それから週1回、幸田先生の診察を受けることになったのだった。診察は、風邪などの時と同じように、検温や脈拍を取られた後、1週間の体調報告くらいのもので終わるというのがいつものことだった。

でも、私はそれだけで、胸にたまっていた不安や重苦い気分から解放されもし、先生の若々しいエネルギーにも感応して、明るく華やいだ気分にさえなるのだった。

ところが、翌年の1月の受診を最後に、先生は隣接する市の市民病院の勤務医となられたのだった。

先生の心の中はわからないが、研究生活に終止符を打たれ、地域医療を支える医師の道を選ばれたのだと、1人自分を納得させていた私だったが、先生にお会い出来ないと思うと、無性に寂しくなる自分を感じていた……。

『青い小さな蝶が
風に吹かれて飛んでいく
あれは螺鈿の通り雨か
ちらりと光り
きらめき
すいと消えた』

ヘッセの詠った『青い蝶』の言葉通り、先生は、ゆきずりの蝶のように行ってしまわれたのだった。

それから数年後に肝炎治療の新薬は開発され、(すべての肝炎患者に有効で、完治に導くものではないが）今、私もその恩恵に与っている。

コロナウイルスによる感染のニュースが伝えられる度に、幸田先生と初めてお会いした頃の診察室の風景が、ふと懐かしく蘇ることがある。

山の音

友人の泰江さんから一冊の歌集を頂いたのは、数年前のことだった。

それは彼女が20年余りもの間に、詠み続けて来られた短歌を『木木のさやぎに』（私家版）として纏められたものである。

「そうなんや、田伏さんは歌を詠まれるのだ」と、いつも黒い髪をきりりと後ろに束ねた、色白の爽やかな彼女の笑顔とその1冊とを重ねて、何故か私は納得していた。

そして、もの静かで控えめな、でも芯のしっかりした女性という彼女の印象にぴったりの歌の世界に引き込まれて、一気に読んでしまった。

昨秋、恒例の仲良し会が彼女宅のリビングで開かれ、故郷の丹波栗の「渋皮煮」でもてなして頂いた時、故郷への思いのつまった彼女の歌集をふと思い出し、帰宅後、改めて手にしたのだった。

泰江さんは、兵庫県三田（現在の篠山市打坂）に生まれ育ち、１９６０年代に私の住む大阪の豊中市に嫁いで来られた人なのだ。
篠山は、いまでは大阪からＪＲ福知山線の快速で一時間余りの所だが、それまで私の抱いていた篠山のイメージは木々の茂る自然豊かな山間の里であった。

能勢路来てしぐるる中に立つ虹を
　越えむとしつつふるさとに入る

一庫《ひとくら》のトンネル出ずれば燿へる
　街の明かりよふるさとを離《か》る

この二首は、ふるさと篠山の行き帰りを詠まれたものだが、かつて夫と池田から国道１７３号線を抜けて、猪名川沿いの細い山間の道をしばしばドライブしたことを思い出した。幾つものトンネルを抜けては走り、やがて山に囲まれた一庫のダム湖が、青く澄んだ水を湛えて姿を見せると、いつも「やっと大阪を出たな」と思ったものだった。

不思議なことに、トンネルの大阪側は晴れていても、最後の一庫トンネルを抜けると、曇っていたり雨だったり、冬など雪の舞っていることもあって、大阪と兵庫の境界を強く意識させられた。

その頃は、まだ舗装もされていない畦道のような車道の両側には、夏は青田が広がり秋は稲穂がきらめき、丹波の山並みを背に赤い柿の実のなる農家がちらほらして、私は「日本の原風景や！」と懐かしい思いで眺めたものだが、今地図を広げてみると、私たちの走ったドライブ道は大阪と兵庫と京都と三府県が隣り合う地域の京都側に在る「るり渓谷」辺りで、篠山はそれより遥か西の兵庫県の山間にあるのだと知った。

長き夜を目覚めてみれば胸底に
　　　木々のさやげる山の音きこゆ

登りつめ空に間近き字冬野

人影あらず薔薇の咲きいて
大樟に昼の疾風の打ち吹きて
赤き若葉は燃えたつごとし

丹波の山里の透き通った静寂や、その佇まいが、私の五感を直に通してのように感じられる佳作である。そしてふと出会ったのが、

背戸の辺にどんぐりはぜて栗はぜて
届きくるやも山猫の文

宮沢賢治の『どんぐりと山猫』の世界が突然現れて、どんぐりたちの小競り合いと黄色の陣羽織を着た山猫が采配を振る不思議な裁判の開かれる山深い林が、すぐ目の前に在るようで、都会育ちの私には、

こんなに山深い自然の中で育たれた彼女が羨ましくも思えたのだった。

身をもちて自然のきまりしめしたる
　大祖母の言霊我が背に今も

大祖母よ火は何よりのごちそうと
　掌をかざしゐしそのいろり端

前山にこぶしの花の広ごれば
　味噌作れよと祖母の伝えし

この丹波の地に家を築き、厳しい山里の自然を受け入れて生きられた曾祖父母、祖父母、の簡素で逞しい生活ぶりが垣間見られ、昔々の日本人の暮らしの風景が彷彿と眼に浮かぶ。

京口と町出づる橋は名づけられき

　山家の里は都向きゐて

浄瑠璃をこたつに向かい語りゐし

　祖父の声音を重ねつつきく

一方、これらの歌からは、篠山が古くから京都への交通路の要に在り、京都風の文化が流れ込んでいて、人々はそれに馴染んで暮らしていたことが窺える。

今でも、能や浄瑠璃が盛んだし、丹波焼の窯もあり、林業、農業も盛んで、豊かな地域なのだと想像された。

新芽立つ樹樹のさやげる山の音
　ききつつ父を土に戻せり

村山に眠りて先祖《おや》と呼ばれゆく
　父よ茅蜩《ひぐらし》はこの昼を鳴く

四人子はともに父との距離保ち
　さみしかりけむふるき父とは

と父上を詠まれているが、曾祖母や祖母の山村の女性の働き手としての逞しさとは別に、家長として厳しく座し、家を支えられた父上の面影までが偲ばれる歌である。

先の大戦前の日本社会の在り様が思い出されて、興味深く読んだ。

この様な曾祖父母、祖父母が同居する大家族の嫁として、信仰厚く慎ましく生きられた母上への彼女の思いはとても深い。

ひたすらに母はご詠歌あげをらむ
　昼鳴き出づる鉦叩きひとつ

開け放てる座敷の隅に母のゐて
　うからのあぐる詠歌に和さん

風強く雨戸ゆらせるこの夜更け
　一人住みゐし母の思わる

わが名呼ぶ常なる母のおだやけき
　声のみ聞こゆ昏き家内に

山々に囲まれた旧家で、仏を信じて祀り、多くの身内を弔い、慎ましく生きられた母上への追憶の情に溢れた作である。
そしてまた、この様な静かな山里の日常の暮らしにも先の大戦の残した傷跡は深く、彼女の心に今も刻まれている。

石ひとつ入りたる箱を葬りて
　戦いの時を終えにし祖母よ

秘録という「大東亜戦史ビルマ篇」

祖母の机上に常に置かれゐき

先の大戦史上もっとも苛酷な戦いであったというビルマ戦線で夫を亡くされた祖母の深い悲しみと、平和を願う作者の気持ちが強く伝わってくる。

特攻に死ねざるままに帰還せし

二十歳の叔父を遠巻きに見し

中国の戦場の果《はたて》ゆき

肺を病みつつ帰りし叔父

叔父上の無念も然ることながら、複雑な想いの村人たちの姿が目に見えるような「遠巻きに見し」の一語である。

このように親しい方々を見送られた彼女は、またご夫君の長い癌闘病にも付き添い、見送られるという大変辛い日々も体験されたのだ。

限りあるを知りたる日より後の生《よ》は
　余生にあらずたづさひゆかな

またの世に会わんと告げずたちゆけり
　三千世界の風にし乗りて

ご夫君との別れの悲しみの中にも、毅然としてそれに向き合う彼女が印象的だ。
そのような生き方は後半の歌にも、多々感じることが出来る。やはり大祖母や祖母や母上の姿が心の中に生きて在るのだと強く思った。

我が内に小さき瓶《かめ》を保ちおかむ

この朝夕にこころ枯るるな

有りやなしやのあはいの遊び保ちつつ
　今日を過ごさむついの日までを

この二首には、八十歳を生きる私も心から同感する想いである。そして

黒釉の椀に舞い降りし一葉に
　　　八百年のときのゆたけさ
　　　　（南宋吉州窯　木の芽天目碗）

茶席でのことでしょうか。この優雅を楽しまれている彼女の今のゆとりに、私は心の和む思いだった。この一冊を読み終って感じるものは、山の朝の空気にも似た澄んださわやかさと、朝という時間の与えてくれる前向きの気持ち、とでも云えようか。

それは、ふるさと丹波の里山とその暮らしに負うところが大きいのかもしれない。
日本人の故郷、山里の暮らし振りが伝わって来る様で、懐かしい一冊だった。

「みのお」

今年の夏の不安定な空模様を忘れたかのように、十月末には晴れ渡った爽やかな秋日和が続いた。その青い空に誘われてか、ある朝ふと、箕面の滝まで登り、帰りには滝道の入り口にある『箕面焼き』の店にも立ち寄ってみたいと、私は気まぐれな思いに駆られた。

日頃から、老いは足からくるものと聞きもし実感もしているので、今の自分の脚力を試したくもあって、早速、九時過ぎには家を出たのだった。

私の住んでいる北摂の豊中市から、身近に自然と出会える処と云えば、箕面ぐらいのもので、小学校時代の春秋の遠足には、決まったように箕面に行ったものだし、夏は夏で、箕面川の清流に入って水遊びや飯盒炊飯をするのが、楽しい年中行事だった。

阪急沿線の住民たちにとって、箕面は紅葉と滝の景勝地というより、自然との触れ合いを楽しむ生活の場として、自分たちの生活圏に組み込まれていた処とも言えそうだ。

阪急宝塚線の石橋で支線に乗り換えると、その三つ先が終点の箕面である。改札を出るともう目の前に滝への道が始まっているのだ。

道の入り口から滝まではおよそ2.5㎞のなだらかな上り坂で、箕面川の流れに沿いくねくねと続いている。崖を背にして、「もみじの天ぷら」や地元の栗などを売る店が並んでいるが、低学年の頃は、それに目をやる暇も無く、上り坂の続く道を喘ぎながら登った。

いつも道端に建てられた古びた石の道標を頼りに、後何丁、後何丁と心の中で数えながら登ったもので、やがて川の流れの音が急に大きくなったかと思うと、滝が木立の間から垣間見える。思わず歓声が挙がり、私の足取りも軽くなるのだった。

32ｍという高い岸壁の頂きから、激しい水しぶきをあげて落ちて来る滝の姿が「箕《みの》」に似ているところから、「箕面滝」と呼ばれるようになったとか。

滝への道の途中に役の行者が開いたと云う『滝安寺』があり、滝から更に登ると、箕面川の上流に西国二十三番の札所で有名な『勝尾寺』がある。そこまで行くと、さすがに静寂が辺りに満ちていて、世俗から離れた安らぎがある。

でも近頃では、寺の管理する墓地の人気が上がって人々の出入りも多く、かつてのような静けさは無いとか。

私としては滝も良いが、頭上を覆う樹々の佇まいが好きだ。それも紅葉より新緑の頃が一番美しい。

みずみずしい樹々の緑が天空を覆い、初夏の木漏れ日が流れる川面に落ちて煌めく様は、なんとも美しい。

ところで十月末のこの日は、まだ紅葉には早いので登って来る人も少なくて、私は静かな樹林の間をゆっくりと歩いた。一、二か所、曲がりくねった急な勾配の続く処もあるが、杖をついたお年寄りの姿にも励まされて、楽しみながら登ることが出来たのだった。

久々に眺めた滝は、このところの雨の少ないせいか水量が少なく、滝を覆う樹々も生気が無い様で、ちょっと淋しい気もしたけれど。

箕面の営林管理者は大阪府なのだが、もっと手入をしたり若木を植えて行かなければ、箕面の山全体が衰えて行くのではないかと心配する向きもあるとか。成程と私も同じ気持ちだった。

「やれやれ登り切れた！」と、誰かに自慢したい気分で帰路についたが、私にはもう一つ訪ねたいところがあった。

それは、山のほんの入り口にある「箕面焼き」の窯元の店である。

もう十数年も前のことだが、散歩がてらにこの店を見つけたと、娘が小さなもみじ色の猪口を二つ買って来てくれたのだった。

素朴などちらかと云えば少し野暮ったいとも言える猪口だが、もみじの赤を焼き出した愛らしい品で、琥珀色のお酒を注ぐとその赤に映えて、恰ももみじを映す箕面川の清流を思わせる趣なのだ。夫も私もすっかり気に入って、お晩酌によく使ったものだ。

紅葉の美しい赤色を陶器に再現したいと云う一人の女陶芸家の熱意と苦労が、故小林一三氏の知るところとなり、彼の援けを受けてこの『箕面焼き』が生まれたのだと聞いた。

店に入ると店中の陳列棚には、もみじ色に焼き出された茶碗や皿や花瓶など、処せましと並んでいて、燃え立つような赤一色の少々鬱陶しいような野暮ったいような雰囲気に圧倒されそうだ。

でも、その小さな器一つを我が家の食卓に置いてみると、美しい紅葉色で食卓ぜんたいが引き締まり、いつもの代わり映えのしない惣菜も美味しそうに思えてくる……箕面焼はそんな不思議な焼き物である。

この日の店内も、今まで通り紅葉色一色だったが、年老いた店番が一人座っているだけで、客は私の外一人、ひっそりとしていた。

人それぞれに好みはあるにしても、地域の民芸品とも言えるこの箕面焼きは、やはり大切に守って行きたいものと思った。

娘には形も色も紅葉そのままの箸置きを、最近陶芸を始めたと云う魚屋「こばやし」の三男坊に、親父さんと飲むようにと猪口を二つ、自分には飾りにもなる小鉢を一つ買った。

慎ましい買い物だったけれど、すっかり満足した気分で箕面を後にしたのだった。

川沿いの道

二月半ばの良く晴れた日だった。僅かに明るさの増した陽ざしに、ようやく春の気配を感じて、少し歩いてみようと外に出た。

自然に足が向いたのは、家からそう遠くない川沿いの歩き慣れた道だった。

この川というのは、北摂の山々から湧き出た水が豊中台地の北西側に沿って流れ、小さな川となったもので、やがて大阪空港のある伊丹辺りで、神崎川に流れ込んでいる。

いつの頃からか千里川と呼ばれて、地域の人々に親しまれて来たが、この川沿いの道は、私にとっても格好の散歩道なのである。

かつては梅雨時に大雨が降ると、必ず土砂崩れを起こし、川沿いの家々は水害に悩まされたものだが、１９７０年代の初めに行われた護岸工事で、土手も川沿いの道もすべてコンクリートで固められ、道には鉄柵まで設けられて、すっかり昔の風情をなくしてしまった。それから、すでに半世紀に近い。

けれど今でも、この道に立つと、遠く北摂の山並みが眺められ、茜色に染まる夕映えの美しさは昔のまままで、河原で遊んだ少女時代が懐かしく思いだされるのだった。

その日は、風が少し和んだように感じられ、心地よく歩いていると、その風が運んでくるのか微かなピアノの音が、何処からともなく聞こえてくるように思えた。

耳を澄ますと、その音は川の向う側からのようで、私はいつの間にか小走りに橋を渡っていた。

その川向こうの辺りは、かつては緑の田や畑が広がり、農家があちこちに点在する農村地域だったが、今はマンションが幾棟も立ち並んでいて、人っ子ひとり通らない淋しげな街に変わっていた。

この数年、川向うまでは殆ど足を延ばしていなかった私は、その変わり様に驚き足を止めた。

その時私の目に入ったのは、高いマンションの陰に隠れるように建っている古い瓦屋根の家で、ピアノの音はそこから聞こえてくるように思えたのだった。

古ぼけた和風の建物とピアノの音。私には、それが何となくそぐわないものに思えて、ピアノの弾き手を確かめてみたい誘惑に駆られた。そして家に近づくと、低いブロック塀なので、カーテンもない窓ガラス越しに、部屋の中をこっそり覗いてみることが出来たのだった。

昼間なのに薄暗い部屋の中には、昔の小学校の教室のように、素朴な木造りの机や椅子が並び、小さいピアノが部屋の片隅に置かれているのが見えた。

一瞬私は、地域の集会場かなと思いながら覗いていると、小学生くらいの男の子が一人、誰もいない部屋のピアノに向かって、一心に何かの曲を弾いていたのだった。

その様子に興味を覚えた私は、臆面もなくガラスに顔を近づけて中を覗いているうちに、その男の子は紛れもなく、小学校時代のクラスメイトだった山村君だと思えて来たのだった……。

そして、いつの間にか私は、入り口のドアを開けピアノの傍に駆け寄っていたのだった。

「なんや、山村君やないの？　誰が弾いているのかと思ったわ！」と、私は叫ぶように言ったのだった。

彼は驚いた様子もなく、二本の糸切り歯を見せて、にっと笑った。

「今、何弾いてたん？」

「バッハの練習曲や。いまにベートーベンが弾けるようになるんや。」と、彼は自慢げに小さな肩をいからせた。

私は黙ったままこっくりと肯いて、彼の肩越しに鍵盤をそっと叩いてみた。

すると忽ち、ピアノの澄んだ音が部屋中に広がった。

それは静かな響きだったが、何とも言えない哀しい妖気を孕んでいるように思えて、私はうろたえ、恐ろしくなり、後を振り返りもせずに入って来たドアへと走った。

ようやく部屋を出ると、ピアノの音はもう聞こえなくなり、私の前を夕暮れの冷たい風が吹き抜けて行った。

一体何が起こったのか、あの子は山村君だったのか？　混乱して考える余裕もないまま、家に駆け戻った私は、山村君に何事かあったのだろうかと、思いきって受話器を取りダイヤルを回した。けれど、山村夫人も誰も出て来ずに、呼び出しのベルは、いつまでも虚しく鳴り続けるばかりだった……。


彼の訃報を聞いたのは、それから数日後のことだった。

山村夫人の話によると、その一年前の秋頃から軽い咳が出始め、風邪くらいに思っていたのに、医者を訪れると、すでに肺癌がかなり進行していて手遅れだったという。


彼は定年後に、小学生時代からの念願だったピアノを習い始め、毎年のように開かれるピアノ教室の発表会で、私たちクラスメイトを楽しませてくれたのだったが……。

ところで彼は、それが最後となった年の発表会で、小学生の時から目指していたベートーベンのピアノ・ソナタを見事に弾いて、演奏会に集まっていた聴衆の拍手喝采を浴びたのだった。

この曲はピアノ・ソナタ　ニ短調（作品三十一の二）で、彼が弾いたのは、その第一楽章である。

この楽章は、嵐のような激しい曲想なので、破天荒な幻想的メルヘンのシェイクスピアの戯曲『テンペスト』を連想させるところから、通称、ソナタ『テンペスト』と呼ばれている。

シェイクスピアがこの戯曲を書いたのは、彼の47歳の時だが、進出する若い劇作家達の姿に自分の時代の終わりを感じて、この作を最後に創作の筆を折ったと言われている。

シェイクスピアのそんな逸話を知っていた私は、彼がこの曲を弾いた時、何か言葉にはならないが、不安な重苦しい気持ちになってしまって、いつものような朗らかな拍手が送れなかった。

でも、彼はその逸話を知らずに熱演して、聴衆の喝采に応えていた。

この道を歩くと、いつも最後の演奏会での、彼の誇らしげな笑顔を思い出す。

故郷の川

紀伊半島最南端の串本からＪＲ紀勢線の新宮行き普通電車に乗ると、五つ目に、紀伊の山々から流れ出る那智川に沿って、「下里」と云う小さな駅があります。

その辺りは、紀伊山脈の南の端が太平洋に向かって海岸線ぎりぎりまで迫っていて、山と海との間の狭い土地に、ようやく切り開かれたというような僅かばかりの水田と、家々が寄り添うように並んでいます。

その潮風で赤茶けたトタンで囲ったような家々の間の路地を抜けると、青々とした太平洋がすぐ目の前に現れ、いかにも長閑な漁師町の風情です。

この小さな南紀州の川沿いの町「下里」が、夫の母、私の姑の故郷なのです。

彼女の生家は代々医者で、維新まで紀州藩徳川家の御殿医を務めました。維新後、藩が解体した時の当主は、夫の祖父に当たりますが、和歌山市で医院を開業しました。

やがて日露戦争が起こり、それ以後、日本人のアジア大陸への関心が高まる中で、彼は大胆にも家族を置いて単身中国に渡り、長江中流の河岸の町「漢口（ハンコオ）」で医院を開いたのです。後ろは山ばかり、前は広々と広がる太平洋に向かって開かれた町「下里」には、人の心を遠い異国へと駆り立てるものがあったのではないかと、祖父の昔話を聴くと、いつも、そんな事を想像してしまう私です。

当時の中国では、南京や香港ならまだしも、開発の遅れていた漢口では、人々の病院への期待も大きく、病院のある町の通りは、彼の名字が付けられる程に信頼され繁盛したのだそうです。

やがて家族も呼び寄せ、一家は日中戦争勃発前の昭和の初めまで、その地で暮らしました。

でも学齢期だった彼女は、武家の娘が多く通っていたという東京の実践高等女学校に通い、休暇には上海航路を一人旅で、両親のいる漢口へ帰ったのだそうです。

そして、女学校を卒業すると、「ただ写真だけ」の見合いで、大阪の父のもとに嫁いできたのでした。彼女のこのような思い切りの良さは、身一つで大陸へ渡った祖父の血を受け継いでいる様にも思えますし、家族と離れて暮らした東京での生活で、自立と云う心意気を体得していたのかもしれません。

一方夫の父は、大阪の新町で貿易商を営む商家の長男でしたが、大学卒業後商社に入り、四年間のアメリカ勤務の後帰国して、自動車、特にアメリカ車のスチュードベーカーの輸入代理店を営みました。第一次世界大戦後の好景気にも恵まれて、父の商売は好調で、二人の結婚生活は幸せそのものだったようです。

「とてもダンデイな人でしたよ」とは、いつも家族が聞く姑《はは》の述懐でした。

ところで、太平洋戦争の敗戦の翌年、彼女の47歳の昭和21年に、その父が急性心不全で急逝したのです。

当時は戦後の混乱の只中でしたが、彼女は娘を嫁がせ、息子が大学卒業まで、父の遺した家や土地を売って凌ぎ、「親父が死んでからの方が元気だった」と夫が云う程に、気丈だったそうです。

もっとも、遺されたものがあったというのは、幸せと云う外ありませんが。

ところで、私たちが結婚した時の彼女は、58歳でしたが、家のことは一切私たちに任せると宣言して、書家田中懐堂に師事し、孫弟子も持ち、あちこちの書道展に出展する作品作りに熱中して暮らすという変身振りでした。

その頃（昭和30年代の始め）の書道界は、万葉集や古今集などの古典から選ばれた秀歌を、短冊や色紙などに、美しいかな文字で書くという旧来の伝統的な書が一般的でした。

が、大きな和紙に太い筆で一気に自由に、自分のイメージを描く～いわゆる造形美術の一つとしての書が注目され始めてもいました。

一幅の丈幅に墨と筆で、どの様に自分を表現するかに苦心している彼女の姿に、私は、創作の面白さを見せてもらったような気持ちでした。

そして父の死後、彼女が選んだ生き方に、私は共感し、応援もしていました。

彼女の出品した展覧会などには、一緒に出掛けて、あれこれと批評し合ったりして、私達嫁姑の間は、とても良い関係だと自負もしていたのです。

それが彼女の80歳を過ぎた頃から、3度の骨折と心臓病で入退院を繰り返す中に、書道への意欲もすっかり無くしてしまいました。

それなのに、もう書けない自分を如何しても受け入れることが出来ず、苛立ち腹を立て、やがて痴呆の症状が現れるようになりました。

彼女の勝ち気、プライド、自我の強さなど、それまで彼女を支えて来たものが、理性のコントロールを失ったように彼女を突き動かし、全く別人に変えてしまったのです。

それから亡くなる89歳までは、彼女にも私にも、辛い数年間でした。

でも、最後の病床で彼女の幻覚に現れたのは、紀州の山々から太平洋へと流れる豊かな那智の川でした。

そんな時の彼女の表情には、川遊びを楽しんでいるような、無邪気な笑顔があり、私を和ませました。

故郷の川は、いつも彼女の心に寄り添っていたのです。

雑誌『図書』をめぐって

岩波書店の月刊誌『図書』を読み始めて30年にはなるだろうか。読書好きの友人に勧められたのがきっかけだったが、わずか60ページ程の小冊子ながら、とても内容豊かで、毎号興味深く読み続けている。

筆者は科学、文学、歴史、美術、音楽、映画など様々な分野で活躍されている方々だが、書かれている内容は何げない随想風のものであったり、ご自身の研究をめぐる話題だったり、世界や日本の過去や現在への思いであったりと様々である。

でも、小編とはいえ、執筆者それぞれの個性にあふれ、日頃のご研鑽ぶりも感じられて、鋭い感性のひらめきや深い思索の後を見る思いがする時もしばしば。その辺りがこの雑誌の魅力なのだと思う。

ちなみに『図書』の歴史を振り返ってみると、一九三六年（昭和一一年）二月に簡単なパンフレット『岩波書店新刊』が発行されたのだが、二年後の一九三八年一月、雑誌風の体裁に変わって『岩波月報』となり、新刊書案内のほかにエッセーが掲載されて好評を得て、その年の八月に誌名を『図書』と改めたのだった。

が、一九四二年（昭和一七年）先の大戦のため終刊となり、その戦後四年目の一九四九年（昭和二四年）、ようやく復刊して今日に至っている。

今年（二〇二一年）の一月号で、復刊号から数えて八六五号になるというが、『図書』発行以来八〇年程の間に、それが日本社会に果たしてきた知的貢献は、とても大きいものと思う。


まず私は、この雑誌を手にとると、その表紙を眺める。それには、象牙のような乳白色の地に、数世紀も前に出版された書物の表紙や新聞に描かれたエッチングなどが印刷されていて、いかにもヨーロッパのヒューマンで知的な文化を象徴する雰囲気があり、この雑誌の内容が想像される。

私の印象に残っているものは、一六世紀のフランスの都市リヨンで物価の高騰に暴動を起こした市民に、パン価格の安定のために出されたという『パンの重量早見表』だとか、一七世紀半ばの地動説に大きく揺れた時代に出版された『コペルニクス体系の舞台』という本の表紙絵、十七世紀末の童話『赤ずきんちゃん』の手書きの本の挿絵など、実に多様な版画が印刷されている。

ちなみに、今年（二〇二一年）の一月号のそれは、画家の司修の夢だとか。（私は、司修という画家を知らないが）

いつも表紙の裏の解説を読むと、それらが描かれた時代を垣間見るようで、『図書』を開く前の私の楽しみになっている。

さて、一ページ目には、巻頭言風の「読む人、書く人、作る人」というコラムがあり、わずか八百字程ながら、執筆者それぞれの想いの籠った一文に出会い、私は「読むこと、書くこと、作ること」について、しばし考えさせられるひと時を持つことになる。

印象に残っているものの一つに、もう何年も前のものだが、作家の竹西寛子氏の一文がある。要約すると、日本人だから日本語は使えると思うのは思い上がりで、どんなささやかな日常の言葉でも、言葉とは自分と世界との関係を仲立ちするもの。だから、その人の生き方の程度そのものが、彼の（彼女の）言葉に現れるのだと言い、言葉には慎みをもって、何度も躓きながら読んだり書いたりしていくのが、氏の願いなのだと言う。

私は大いに納得しながら、ふと傍らの漢和辞典で「言葉」という字を引いてみる気になった。するど、古代人は声とは口から出る心であると考えたそうで、「言」の語源は「心」から来ているとか。「言」とは口から出る心の意なのだ。さしずめ言葉とは、一ひらの心とでも言ったらよいのだろうか。

この他、私が三十年ほどの間に、楽しみながらも学び考えさせられた小編は思い出せない数だが、エッセーを学んでいる私として挙げたいのは、長い間続いたコラム「私のこだわり」に掲載された川本三郎氏の一文である。

ものを書く仕事をしている氏の拘りとは、言語学者、金谷武洋氏の『日本語に主語は要らない〜百年の誤謬をただす』（講談社選書メチエ）の主張に同感して以来、文章に主語を使わないことだそうだ。主語の私を消すことで、文章が「派手」でも「目立つ」でもなくなったようだと、氏は大いに気に入っているという。

それ以来、私は文章を書く場合「私」を入れようか入れまいかで、いつもこだわるようになった。文章を書くとは、本当にデリケートな作業だと思う。

又、私の楽しんだものは、ピアニストの青柳いづみこ氏の音楽家物語、林望氏の食についての蘊蓄、佐藤正午氏の「書く読書」などなど、挙げれば限がないほどだ。

そして、雑誌最後のコラムである「こぼればなし」からは、電子書籍の出現や、人々の読書離れの中にある編集者氏のご苦労が伝わってくるのだが、いつも未来へ向かっての意欲に溢れた熱い言葉が語られていて、生意気ながら、雑誌『図書』を応援したくなる私なのである。

色のいろいろ

先ごろ、青色ダイオードの発見やその実用化・産業化に貢献したとして、日本の三人の物理学者が今年（二〇一四年）のノーベル物理学賞を受賞して、明るい話題を呼んだ。

これは光が放つ色についての話だが、木や花など植物から人間の手作業で、はたまた様々な物質を合成して作り出される色など、それらにも思いを広げると、色と人間との関係は、限りなく深いものと気づかされる。

街には、色とりどりの広告を纏ったビルの群れが立ち並び、路上を走る車も昔の様な黒一色ではなくて、赤、青、黄、白、グレイなど、実にカラフルだ。

また行き交う人々も、それぞれに自分の好みの色を着こなして、街の一点景をなしている。夏ともなれば、それは一層鮮やかで、街の風景は活気に溢れてくる。

そして一歩我が家へ入れば、壁やカーテン、床や家具、小道具の細々した日用品までも、色、色、色で自分の存在をアピールしている。

食卓を彩る皿や鉢、その上のご馳走も季節の色で演出されていて、私たちはそれらを楽しみ、暮らしに張り合いさえも見出していると言えよう。

更に考えを巡らせば、色は人の心の中にも深く入り込んでいる。嬉しいにつけ哀しいにつけ、出会った出来事の中で見た色は、それと抜き差しならぬほどに結びついているもので、折に触れ、ふと心に浮かびあがってくる……。

それは色が、匂いや味覚などの感覚と同じように、人間の情緒と結びついているからではないだろうか。

また人それぞれに、色についての好みがあるし、同じ色に対する感じ方も、時と場合によって違うとも言える。

色とは不思議な存在だ。

ところで私は、赤が好きである。

赤は古代から日本人の好んだ色でもあるが、私は末娘だったせいか、母はいつも私に赤い色を着せ、姉にはブルー系の寒色を着せていたから、自然に赤い色に愛着を持ったのかもしれない。

もっとも、若い頃にはそれに反発して、白と黒のモノトーンを好んで着ていた時期もあったけれど。

二十世紀に、ヨーロッパで活躍したフランスの両家デュフィは、バッハに赤を基調にして描いた『バッハ頌』を献上している。

端正な旋律の底に、力強い人間の命の躍動を感じさせるバッハの音楽を、赤で象徴した彼に、大いに納得している私である。

赤は「燃えるような」などという形容詞がつく程に、物事の盛んなしるし~明るい気分を象徴している色ではあるのだが、戦争中、米軍機Ｂ29の焼夷弾攻撃で、夜空を焦がして燃えさかる大阪の街を思い出すと、その時ばかりは、赤はおぞましい色にも思えてくる。

それでは、青についてと言えば、深い哀愁をたたえたモーツアルトの曲を思い出す。

彼の曲は哀しいが、その哀しさは「涙の中に玩弄するには美しすぎる」と言い、万葉集に流れている「かなし」と対応するものだと、かの小林秀雄は書いている。(『モオツァルト・無常という事』新潮文庫)

青色から受ける印象は、遮るものの無いほど澄み渡った空を眺めている時、誰しも感じるあの懐かしさとでも言ったら好いのだろうか。

赤と青の次は黄色。黄色から思い出すのは、やはりゴッホの『ひまわり』や『麦畑』の黄色である。

「焼けつくような太陽の下で、ただもう刈り取ろうと夢中になって、口も利けない百姓のように、急いで、急いで、急いで書き上げた黄金色の風景……」と、ゴッホは弟テオに書き送っている。その『麦畑』

や『ひまわり』の黄色からは、彼の描くことへの執拗な程の情熱を感じる私だ。

考える程に色とは、私たちに様々な想いを抱かせる不思議な存在だ。

光が人間の網膜に捉えられ、それが脳の後頭葉、さらに頭頂葉に伝達されて、そこで人は色を認識するのだそうだが、現代科学でも未だに、そのメカニズムは解明されていないらしい。

(『進化しすぎた脳』池谷裕二　朝日出版)

私には、折々に出会う色の美しさを感嘆し、それを楽しむだけで十分なのだけれど。

セーターの色

私がいつも買い物に行く駅前スーパーの二階に、最近改装した小奇麗な婦人服飾店『ゆりや』がある。暑かった夏も終わりに近い九月の終わりの頃だった。私はいつものように、このビルの地階にあるスーパーへの道すがら、その店先を通ると、二人の店員が忙しげに、今入荷したばかりのような段ボールの衣装ケースから、つぎつぎとセーター類を取り出し陳列ケースのハンガーにかけていた。

それらは、薄手ニットの七分袖のセーター。赤、黄、緑、オレンジ、黒……と、まるで油絵の具の色見本のように色とりどりで、店先は、見る見るうちに華やいでいくようだった。

そう云えば、かつては、今年の流行色は何色と決まっていたもので、新しい年が明けると、新しい色に装った人々が行き交い、街の雰囲気も一度に変わったものだった。

そんなことを思い出したある朝、どうしたことか『ゆりや』に飾られていた美しい色のセーターに引き寄せられるように、私は、特に何か買う気もないのに、いつの間にか店の中にまで入ってしまっていた。

当然のことながら、店の奥から「いらっしゃいませ！」と声がして、四十歳前後の女店主がにこやかに出てきた。

「如何ですか？　どれかお取りしてみましょうか」と云いながら、彼女は、私の視線の先を見逃さず、わたしが「きれいだな」と思ってみていた澄んだ秋空のようなブルーのセーターを、躊躇なくハンガーから外してきたのはさすがだった。

「きれいな色でしょう？　今入って来たばかりの品物ですよ。さあ、どうぞ鏡の前で、お顔に当ててみてくださいと」と云った。

「そうね。きれいな色だわ。でも、すこし派手すぎない？」と私はたじろいだ。

するとすかさず、「いいえ、そんなことありません。色は年齢を問いませんもの。奥様なら、きっとお似合いですよ」と、有無を言わせず、姿見の前に私を連れて行った。

「ほーら、やっぱり似合っていらっしゃいますよ。」と、彼女は巧みに私の買う気を誘った。

素材がオール合織だが、カシミヤ風の柔らかい手触り。それに、値段は三千円とは安い。百貨店などでは、とてもこの値段では買えまい。でも、ちょっと派手。娘やご近所の方たちは、何と思うだろうかなどと、いろいろな思いが頭の中を過ったが、結局、女主人の薦めに負けて、私はとうとうこのセーターを買ってしまった……。

長かった夏も終わり、友人たちとの集まる機会が出来て、ようやくこのセーターの出番が来たと喜んだ私は、早速着て姿見の前に立ってみたのだった。

すこし派手かなと心配していたが、落ち着いた色合いのブルーで、私は満足だった。

でも、夫が元気だったころは、おせじにもと云わぬばかりに、「悪くないよ」と一言だけは言ってくれたもの。「なーんだ。悪くないよだけ？ ずいぶん簡単な感想ね」と、物足りなく思ったものだが、今ではそれも聞けない……。

でも、クラス会などあれば、友人たちは「わぁ素敵！」と云って迎えてくれ、私の気分は一気に回復。大人げない自分がおかしくもある私である。

ちなみに、古代の日本人は、紅花から染めた華やかな赤を好んだようで、平安朝の貴族の華やいだ生活感情にぴったりだったのだろう。

殊に紅は、高価な奢侈品だったため、その乱用を抑える服制～いわゆる禁色「紅染め濃き色一切禁断」の宣旨が繰り返し出されたというが、この禁令によって、人々は、中間色を染め出す工夫や禁色を衣服の下や裏に着て僅かに垣間見せる「粋」の感覚を洗練させたのだそうだ。

私も、この華やかなスカイブルーのセーターを上着の下にそっと来て、「粋」を楽しんでもみようかな。

年齢を重ねても、美しい色を着るというのは、やはり生きる楽しみの一つではある。

私のおしゃれ考

最近、重苦しい話題の多い新聞記事の中で、朝日の夕刊に、時折「おしゃれ」についての短いコラムが出ている。

80歳の終わりに近い私には、お洒落やファッションなどとは無縁の生活だが、やはり自分らしく装おうという意味では、年を重ねても「おしゃれ」は、楽しく気になる事柄ではある。

若い頃に読んだファッション雑誌の中で、その頃人気のファッションモデルの語った言葉、「お洒落とは、T、P、O、(時、所、場合)に合わせて自分らしく装って、自分を演出すること、言い換えれば、一つのパフォーマンスなのだ」に出合って、大いに同感したものだった。

でも、80歳の終わりに近づいた今では、ファッションなどとは無縁な生活だし、自分を演出するなど、そんな意欲はあまり無いが、季節に合わせて、あれこれ考えながら装うことは、やはり楽しいことではある。

春は、長い間耐えていた寒さから解放されて、軽やかに装えるのが楽しい。

でもこの季節、空気は何となく霷っているし、雨の日も多く、気だるい季節なので、せめてもの明るいはっきりした色を着たいと思うのは自然だ。

夏は、暑さに耐えるのに精いっぱいの、お洒落には手ごわい季節だ。

暑さで汗も滴り、洗いざらいの木綿地のさっぱりした感触が一番というもの。デザインも単純に、色は白。とにかく涼しく過ごすことが出来れば最高といえる。

さて秋になると、辺りの景色は多彩な色で賑わい装いも枯れ葉色など、シックな色合いが似合うようだ。素材は何といっても、しなやかな風合いの生地がふさわしい。

そして冬は、寒さに着ぶくれがちで、お洒落にとっては手なずけ難い季節だ。

寒くて陰鬱な日々を楽しく過ごすには、美しいニットが一番。重ね着しても嵩張らず、着心地の良さが身上というもの。

最近の若者たちは、ブラウスやチョッキやセーターなどを自在に、いとも無造作に重ね着しているが、結構格好がいい。

重ねるものの色合い、ボリューム、材質感など、すべてがバランスよく調和していないと、野暮になるが、彼らは難なく着こなしていて、ちょっと羨ましい気持ちで眺めている私だ。

ところで、このおしゃれ感覚の良し悪しは、その人の色彩感覚とは切っても切れない関係にあると思うのだが、どうだろう。

かつては年が明けると、「今年の流行色は何色か」が、巷の話題になったもので、気が付くと、街中の洋装店や百貨店のショーウインドウには、流行色のドレスを纏ったマネキンが飾られ、街の風景も忽ちその色に染まっていったものだが、最近では、なぜか流行色への拘りは無くて、人それぞれの好みで、自分の色を決めているようだ。

私はというと、季節によっても違うが、黒は格別で、どちらかと云えば淡い色が好きだ。

第二次大戦の敗戦（一九五四）後のこと。

連合国との間で講和条約が結ばれると、私の住んでいた市へも、それらの国々から駐留軍がやって来たが、その兵士たちに寄り添う女性たちは、赤や青や黄色のどぎつい原色の服装で、街中を闊歩していた。その姿に、原色に慣れない私達日本人は、まるで祭りの日のようだと嘆いたものだった。

近頃の若者たちも、原色への拘りは無いようだが、日本人の色感に原色は馴染まないと、私は思っているが。

私が小学生だった昭和10年代は、日中戦争の最中ではあったが、まだ逼迫感もなく、束の間の平穏な日々が続いていた。

その頃、母など大人の女性たちは、殆ど和服で暮らしていたので、季節の変わり目など、お得意様を訪ねる呉服屋さんが、大きな風呂敷包みを背負って、街中を通るのがよく見掛けられたものだった。

私の家にも、そんな馴染みの呉服屋さんが時々やって来たが、彼は座敷へ上がるや、その大きな包みを広げ、美しい色柄の友禅や西陣織の反物を披露するのだった。

それらの反物は、絹地の持つしっとりとした艶と、どこか陰りのある色合いの美しさで、いつまで眺めていても飽きなかった。

紅、浅黄、苔緑、古代紫、媚茶、利休鼠などなど、いつの間に誰が付けたのか、その名も粋で美しい色の数々である。

染色家で「染司　吉岡」の五代目当主、吉岡幸雄さんの著書『日本の色を知る』では、古代から日本人が色とどのように付き合ってきたかを語っておられる。

また、染色家の志村ふくみさんも、もう10年も前に出版されたものだが、『色を奏でる』で、自然の草木から染め出される色の不思議さや豊かさを語られている。

私たち日本人のおしゃれ感覚は、日本の自然の営みの中で育てられてきたもの～素朴で、しかも雅なものと私も思う。

夫と油絵

暖かい日があるかと思えば、急に寒さが戻って来ると云う気温の定まらない春先に、油断したのか何となく風邪気味の私は、早い方が良いと、夫の高校時代の先輩の、長年我が家の家庭医でもあるI医院を訪れた。

待合室に入ると、いつもは正面の壁に診療案内などが貼られているだけなのに、その日は、椿の花を描いた日本画が、真新しい額に入れて掛けられていたのだった。

まだ診察を待つ患者は、私の外一人も居なくて、すぐに名前を呼ばれて診察を受けた。

やはり軽い風邪で安心した私は、早速、「待合室に掛かっているあの画は、先生がお描きになったのですか」と何の躊躇いも無くお聞きしてしまった。

「そうやねん。下手やけど、折角描いたから額に入れてみたんやけど……。絵はなかなか難しいね」と、先生は、少し照れくさそうに頭に手を挙げられた。

「始めて五、六年になるかな。僕ら戦中派やから、中学、高校時代は剣道や軍事訓練ばかりで、美術の時間なんか無かったからね」と、少し弁解されるような口ぶりだった。

「あら、夫も同じですよ。小学校三年生からクレヨンも持ったことが無いと、いつも云いますもの」と答えると、「何となく雑誌を眺めていたら、『誰にでも上手くなれる』と云う見出しの日本画の宣伝を見てね。ちょっと、やってみようかなって気になって……。

だけど、六十の手習いでは、あまり上手くならんね」と、少し残念そうな表情をされた。

「それに、日本画は準備が少し大変でね。描こうと思ったら、和紙に絹を貼って乾くまで置いとかなあかんのでね。でも、油絵には手が出ないなぁ」と、いつもの笑顔に戻られた。
二、三年程通信教育を受け、休診日にはスクーリングにも通われたらしい。
ご自宅の庭に咲く楚々とした椿の花の絵は、飾り気のない先生のお人柄が伝わってくるようで、私の心を捉えたのである。

早速その日、帰宅した夫に話してみると、「へぇ、Iさんが日本画やってるの！」と、彼は意外だと云う顔をした。すかさず私は「貴方もやってみない？」と誘ってみると、「僕は、やるなら油絵の方がいいな。油の方が自由気ままに描けそうだもの。日本画のような細かい作業は苦手だな」と思いがけない返事が返って来たのだった。

夫は、先の大戦後の日本経済の復興を担った世代の一人である。殆ど仕事一筋の毎日で、休日の楽しみと云えば、ゴルフ・クラブを握るくらいのことだった。七十歳に近くなったその頃、ようやく退職後の暮らし方について、あれこれ考え始めていた様で、I先生の日本画を始められた話は、全く良いタイミングだったと言える。

「油絵なら、私も一緒にやってみたいな。絵具は楽しい色が多いし、それに、絵の具を塗り重ねるって、面白そうじゃない？」と私は喜んだ。

その後度々、油絵の話題が繰り返され、ようやく彼は本気で油絵を習う気になって、千里朝日カルチャーの「日曜絵画教室」を二人で受講することになったのだった。

もう十数年も前のことである。

その頃の講師は「行動美術協会」の若手画家、松原政裕先生だった。

授業は、石膏のデッサンから始まって、静物の写生、有名な画家たちの描いた絵の模写、それから戸外での風景写生へと進んで行った。

受講生は二十人くらい。やはり退職後の楽しみで始められた男性が多かった。

でも、若い頃画筆を持たれた経験のある方々で、デッサンも上手いし絵具の扱いにも慣れていると云った風で、初心の私達は、いささか気遅れを感じもしたのだった。

でも、いつも笑顔で一人一人の絵に心を配られる優しい先生の授業は、六十の手習いと云うより、七十に近い私達にとって、とても楽しい時間だった。

二人で画架を立てて描いていると、夫の絵は、彼の余り屈託のない性格そのままに、伸び伸びとした描線や色使いが何となく面白く、先生のお褒めを頂くことも多い。

それを横目で見ていると、私の絵は、几帳面に対象を写してはいるものの、何処かよそ行き風でつまらなく見えてくる……。

でも習い始めた頃、「絶対、ご主人より上手くなったら駄目よ」と囁いた友人の言葉を思い出し、「そのことなら、上手くいっているな」と、負け惜しみ半分で思ったものだった。

ところが、突然の肝炎再発で、私は入院を余儀なくされ教室を諦めてしまったが、「一人は億劫だな」と言いつつも、夫の教室通いは続いた。

始めは、食器や花瓶や花などの自宅に有る身近なものを描いていたが、やがて描く対象が無くなって、街中の風景をあちこち描き始めた。

とは云うものの、緑の都と誇っていた豊中も急速に近代化が進み、街並みはすっかり変わり、描いてみたくなるような懐かしい風景には滅多に出会えない。

私も一緒に散歩しながら、描く対象として面白く、豊中らしい風景は無いかと探してみるのだが、街角に立ち止まって眺めると、くすんだ色の四角いマンションや、同じように不愛想なブロック塀ばかりが目に付いてしまう。

舗装された道路は、何処までも単調に続いていて、ひっそりと人気のないその風景に、私達は、ついため息を漏らす。

「描きたいような処はないねぇ」とカメラを手に、夫はいつも右往左往し、茫然と佇むばかりである。

一昔前の散歩道には、瓦屋根の家々が並び、壁は土か板張り、たまには檜皮などが貼られていて、濃い緑の貝塚や艶やかな赤芽垣がそれをめぐり、椿や躑躅や木犀などの庭木も垣間見えて、いかにもここに人が住んでいると云った暖かい雰囲気が感じられた。

それに、足下の土道には、根を張った雑草が茂っていて、自然は、いつも手の届く身近にあったものなのだ。

そんな不平をもらしながらも、彼は結構熱心に街の風景を描き続けた。

市の発祥の地と云われる原田神社、服部の天神さん、天照大神が主神だと云う厳めしい趣の稲荷神社の初詣で賑わう境内の風景、又、駅前の人口広場から見下ろす銀座商店街、市の南北を走る池田（能勢）街道沿いの古い商家の佇まい、更に、新千里の駅前にある解放的な遊びの空間「セルシー」の前景など、豊中市北部の目ぼしい処は、大方描いていた。

それらの中で、今、リビングに掛けられているのは、千里から伊丹へと続く自動車道「伊丹豊中線」(伊丹街道)から少し南へ入った新しい住宅地の街角風景である。

かつては、田畑が広がり農村の風情を残す地域だったが、今では、一車線の府道が通り抜ける新興住宅地に変わっている。

彼は、何を思ってこの辺りを描こうと思ったのか聞いていないが、画面の中央に一車線の自動車道が何処までも続き、その両側に、背の低いマンションやこじんまりした一戸建ての住宅が建ち並ぶ。

其の歩道沿いに、躑躅や柊南天の低木が植えられていると云った具合で、何の特徴も無い今の街角風景なのである。

私は、人氣の無いこんな街角の風景を眺めていると、ふと、二十世紀の初めごろ、パリの裏町ばかりを描いたユトリロの、人の心に沁み入る様な哀愁に満ちた絵を思い出す。

日本の地方の魅力に乏しい小都市の街角から、ユトリロの描いたパリの街を思い出すなど、いささか突拍子もないことだけれど、どちらの風景からも、現代都市の寂しい佇まいが伝わってくるのだ。

ユトリロの絵の中でも、私が一番好きなのは『マタン小路』だ。描かれている家々は、皆、戸口も鎧戸も閉ざしてひっそりと佇み、石段の上に立つ三人の人も、影のように動かない。

けれど、唯真っ白ではなく、土と埃の混じった漆喰の灰色がかった褐色の壁に、母やパリの街に寄せる彼の熱い思いが、しっかりと埋め込まれているように思われる。


ところで、夫の描いたその街角の風景には、人の子一人も描かれていない。

確かに、人通りの無い淋しい道だったけれど、私なら、子供の一人や二人、敢えて書き加えたかもしれないけれど……。

でも夫は、見たまゝ在るがまゝを忠実に描いていて、彼の生真面目さそのままだ。

などと、あれこれと考えている中に、外は雨が降り出したらしく、ぱらぱらと廂を打つ雨音が聞こえ、夜は更けて行った。

焼き物

阪急宝塚線の池田で下車して、駅前の人通りの多い商店街を抜け、更に東へ10分ほど歩くと、箕面に連なる五月山を背にした閑静な一画に、宝塚歌劇の資料が保管されていると云う池田文庫や小林一三記念館があり、それらと隣り合うように、逸翁美術館が瀟洒な姿で建っている。

かつては、旧小林一三邸の雅俗山荘そのままの古い和風建築だったのだが、現在では、洋風化して行く時代の流れに乗って、また災害にも強いコンクリートの近代的なビルに建て替えられている。

この美術館には、阪急電鉄の社長であり関西財界でも活躍された小林一三氏の、生前に収集された数多くの美術工芸品が収納されていて、なかでも古筆、古経、絵巻を始め、中国、韓国、オリエント、西洋などの陶磁器類も多く、こじんまりしているが、焼き物好きには見逃せないところだ。

1月も末のこと。寒中なのに思いがけない小春日和に恵まれて、私はこの美術館を訪れたのだった。

今までも季節毎に、趣向を凝らした展覧会は催されて来たのだが、この日は何か特別展が催されている訳でもなかった。

でも、この美術館のある池田市は中世から栄えた城下町で、町名にも室町と云う名がある様に、何となく古風で静かな佇まいを感じさせ、ふらりと街中を歩いてみたくなり、常設のこの美術館にも立ち寄ることになるのである。

この日は、珍しく20世紀に活躍したルオー、ヴラマンク、ユトリロなどの油絵も展示されていて、小林一三氏の美術への関心の幅広さを感じもしたのだった。

でもやはり、南蛮渡来の華やかな彩色の水差しや香合などを始め、桃山時代の武人たちの楽しんだ茶道具が多く、4百年も昔の茶席の様子が偲ばれて興味深かった。

中でも、千利休の創意で、当時の陶工・栄長次郎が焼いた茶の湯のための茶碗『黒楽』と『赤楽』は、いつ観ても心に沁みる名品だ。

『黒楽』は、粘土で形作られた茶碗に黒釉をかけて焼いたもの。『赤楽』は赤土に透明な釉をかけて焼いたものだそうだが、当時から今日まで、多くの茶人を楽しませて来た重みと云うのか、温か味と云うのか、両手のなかに入る程の小さな茶碗ながら、それが伝わって来て、しばらく私は、その前に足を止めて眺めていた……。

そのほか、織部焼、志野焼き、黄瀬戸などの名のある古い茶器類が数多く展示されていて、小林一三氏の茶道具への愛着と、それらを収集された財力の大きさに、感嘆するばかり。

それらの茶道具を観ていると、茶の湯が好きだった実家の母のことが思い出され、私の娘時代を懐かしみながら、いつも美術館を後にすることになるのだった。


それは１９５０年代の始めだった。朝鮮戦争の特需景気で世の中に活気が戻り、戦中戦後の苦しい時代を何とか切り抜けたと云う安堵感が、人々の間にも生まれていた時代だった。

私は大学生になり、末子の弟が高校生になって、母の生活にも、少し心のゆとりが生まれたのかもしれない。

茶道教室を開いている友人がいると聞いて、早速その教室へ通い出し、やれ茶会だの初釜だのと、母は外出することが多くなった。

そして外出すると帰宅はいつも遅く、父の帰りを気にしながらの大童の夕食作りに、姉や私は台所に駆り出されたものだが、そんな日の彼女は至って陽気で、茶会での噂話や茶道具の話など、食卓の話題を一人で引き受けていると言った風だった。

そんな或る日のこと、先生の家に出入りの茶道具屋から買わされたと、抹茶茶椀を大事そうに持ち帰って来た。当時のことでもあるし稽古用の品でもあり、大した品では無いのだが、それは渋柿色の『赤楽』の抹茶茶椀だった。

前述の通り、『楽』茶碗は、茶の湯が盛んだった室町から桃山時代にかけて作られたのだが、現在でも、この『楽』を模した茶碗は、多くの茶席で使われ愛されているのだ。

茶の温度を保つのに適した素材、ふっくらとした胴の丸み、僅かに内すぼみの形、次第に厚みの薄くなっている口造りなどに、茶を愛した利休の心が生かされていると云う。

母は早速、その持ち帰った楽茶碗でお茶を立てると言い出し、夕食後、父から順に抹茶のご相伴にあずかったのである。

その茶碗を手に取ると、手捏ねで作られているらしく何処か歪《いびつ》なのだが、それが却って微笑ましく、また、手に感じられる厚みと手触りからも、素朴な温かみが伝わって来て、その時私は、「焼き物」って好いものだなと思ったのだった。

それからというもの、私は日常使う茶碗や皿などにも拘る様になった。

色柄の美しさ、形の面白さ、手触りのよさ、そして使い易さ、その器の持つ雰囲気も大切にと思いながら食器を選ぶ楽しさも知ったのである。

その後、いつのことだったか、梅田の百貨店の催しで、ロマノフ王家の食卓を飾っていた目も覚めるような豪華な食器（これらは磁器だったが）の展覧会を見たことがあった。

ロマノフ王家の皇太子の結婚披露宴の食器など、華やかな花柄に厚く金箔が施された輝くばかりの品々だった。

皇帝のポートレイトが焼き込まれた大皿の大きさは桁外れ、食台の取手の見事な細工など、17世紀から19世紀にかけてヨーロッパに君臨した王侯貴族たちの富の巨大さを改めて思ったものである。

人気の名だたるヨーロッパ陶磁の窯は、それで自家の食器を焼いて栄華を楽しんだ貴族たちの残したもの。『ロイヤル・コペンハーゲン』とか『ロイヤル・ドルトン』とか、ロイヤル（王立）と冠せられた食器は、今でも、ヨーロッパの歴史を感じさせる焼き物で、「食卓の王様」と云われるに相応しく華やかな美しさで、眼を楽しませてくれる。

そして日本にも、石川県の九谷焼や佐賀県の有田焼（伊万里焼き）など、地方のあちこちの窯で、それぞれに豊かな伝統を持つ華やかな彩色の磁器はあるが、どちらかと云えば私は、鄙びた簡素な美しさの陶器の方が好きである。

例えば、身近な箕面の『箕面焼』。小林一三氏も応援されたと聞いているが、滝道にあるその店には、野暮ったい程真っ赤な紅葉色をした茶碗や皿ばかりが並んでいる……。

何故か心魅かれる懐かしさがあって、『箕面焼』は、私の気になる焼き物である。

『雨の日に聴きたいクラシック』

六月の雨の一日、朝日カルチャーの案内冊子を眺めていたら、『雨の日に聴きたいクラシック』と云う講座が、一日だけの単発で開かれることを知った。

「わぁ！　ロマンチックな表題やわ。講師はどなたかしら」と講師の名前を見ると、田尻洋一というコンサート・ピアニスト。初めて聞く名前だった。

この数年、音楽と云えば、日曜日の夜に放映されるＮＨＫの『クラシック音楽館』を聴くか、家にある古いＣＤ盤の中から、聴きたいものを選んで聴く～その程度のことで、現在活躍されている演奏家など、殆ど知らない。

早速、その冊子に紹介されているプロフィールを読むと、氏は桐朋学園大を卒業後渡欧されて、天才と言われるイディル・ビレット女史の唯一人の弟子として、更に研鑽を積まれた。

そして、１９９６年から、ベートーベンやショパンや、ブラームスなど、古典派やロマン派のピアノ作品全曲の演奏を目指され、その偉業を達成されたというピアニストだと知った。

ピアノ製作で有名なスタインウェイ・ハンブルグ社からスタインウェイ・アーティストの称号も贈られているとか。

そんな氏の講義が聴けるチャンスなど滅多に有るものではないと、即刻、受講することに決めたのだった。

もう随分前のことだが、音楽評論家の饗敏也氏の『バッハを聴く楽しみ』と云う講座を受講したことがあるが、その時は、教室に大きなＣＤセットが用意されていて、そこから流れるバッハの曲を聴きながらの受講だった。

今回も同じように、ＣＤが使われるものとばかり思っていたのだが、当日、教室のドアを開けると、正面の窓際に大きなグランドピアノ（スタインウェイ？）が置かれていて、「生演奏が聴ける！」と、思わずガッツ・ポーズが出てしまった。

教室に入ってみると、部屋の半分近くは、グランドピアノで占められている格好で、それを後ろから囲むように、10数脚の椅子が用意されていて、講義の始まるまでには、やはり満席となった。

そして時間きっかりに、田伏洋一氏が入って来られた。

すらりとした長身で、チェック柄のシャツにノータイ、濃いグレイのスーツ姿は、スポーツ選手のような若々しい印象だった。

満席の受講者たちは一瞬緊張して、室内の空気がピンと張りつめた程。

でも氏は、にこやかな表情で自己紹介を簡単に済まされ、さっそく講義に入られた。

前述の通り、この日の講義は『雨の日に聴きたいクラシック』とあって、すべてが水に因んだピアノ曲が選ばれていた。

ラヴェルの『水の戯れ』、ショパンの『雨だれ前奏曲』、チャイコフスキーやメンデルスゾーンの『舟歌』、ドビュッシー、ラヴェル、ショパン、それぞれの『水の精』、それにリストの『泉のほとり』など、水の流れを連想させる美しい曲ばかり8曲だ。

2時間の受講時間内に、これらの作品すべてを紹介し演奏されるとすれば、なかなか忙しいプログラムになるなと思っていると、氏は作曲に纏わるエピソードなど短く話された後、ピアノの演奏に集中されたのだった。

生演奏に期待していた私には、思いがけぬ楽しい時間となったのである。

一番初めに、ラヴェルの『水の戯れ』を弾かれた。

ラヴェルは19世紀の後半から20世紀の初めにかけて活躍したフランスの作曲家で、この『水の戯れ』

は、彼のパリ音楽院に在学中の若い頃に作曲されたものだという。

水が光によって、きらきら輝きながら自在に変化する様が、幻想的に表現されている美しい曲だ。氏が弾き出されると、私の席から、１ｍ程しか離れていないピアノから伝わってくる音は、広いホールの客席で聴くのとは全く違って、私の聴覚ばかりではなく、身体全体に響き渡った。鍵盤を叩く氏の一本一本の指が創り出す音、又、指がそれから離れた時に残る微かな響き……。

私は改めて、「ピアノって、やはり打楽器なのだ！」と実感しきり。

古典派やロマン派の流れるような旋律の美しい曲とは違って、激しく曲想やリズムの変わるこの曲は、打楽器の特徴を強く感じさせて、私の体は自然に動いていた……。


一方ショパンの『雨だれ前奏曲』、メンデルスゾーンやチャイコフスキーの『舟歌』は、よく耳にする甘い哀愁を含んだ曲だ。

その優しい旋律に、過ぎ去った思い出を重ねて、しばらく聴き惚れたのだった。

私の印象に一番強く残ったのは、ドビュッシーの『水の精』だった。ラヴェルやショパンにも、同じ『水の精』と云う曲があり、この日も演奏されたのだけれど。

ドビュッシー（1862〜1918）は、フランスのブルゴーニュ地方の貧しい陶器店を営む家庭に生まれて、音楽とは縁遠い環境に育ったのだが、音楽好きだった彼は、難関と言われるパリ音楽院に入学を果たして、作曲とピアノを学んだという。

当時（19世紀の後半）の音楽界では、情感を高らかに歌い上げるワグナー（1813〜1883）の音楽の絶頂期〜後期ロマン派の時代だったが、彼は、ヴェルレーヌやマラルメの詩に深く共感して、彼自身の感情を暗示的と云うか表象的に音楽で表現して、いわゆる音楽上の印象主義と云われる手法を生み出し、数多くの作品を遺した。

この『水の精』は、彼が愛娘のエンマとパリで開かれていた挿し絵展を訪れた時、ドイツの詩人ラ・モット・フーケの『オンディーヌ』と云う水の精の物語の挿絵を見て、その印象から作曲したものと云う。

その挿絵は、水底の水晶の宮殿にひっそりと座る水の精を描いたもので、人間に愛を受け入れてもらえず、深い歎きの中にいる彼女の姿だとか。

私はこれまで、この曲をCDなどで聴いたことはあるが、生演奏を聴くのは初めてだった。

装飾音がちりばめられ、音型が絶えず反復されるという複雑な曲想は、煌めく水底にいるような、水の精の妖艶な姿に惑わされそうな、不安とも不思議とも言える感覚に私を誘った……。

こうして、8曲ものピアノの生演奏に聴き入っている間に、いつの間にか受講時間は終っていた。

何となく、もっと聴いていたいような気持ちの中にいた私の耳に、今回の講座は、ピアノの生演奏の楽しさを出来るだけ多くの人に伝えたいという強い想いで企画し、また今後も、その想いの実現のために、全国的に活動を続けたいという氏の言葉が聞こえて来て、私は、はっと我に返った。

そして、次の機会はいつだろうか、誰の曲を弾かれるのかなどと、はやくも私は期待を膨らませていた。

（『ドビュッシー』　音楽の友社）など参照

シューベルトの哀愁

今年は4月に入っても、うすら寒く曇りがちで、何となく心の映えない日が続いていた。

でも、音楽なら聴けそうに思えてCDの棚の前に立つと、私は何故かシューベルトの曲を選んでいた。

それは、数日前の土曜日の夜のNHK番組『クラシック音楽館』で、今、世界で人気のオーストリア出身の指揮者、メラード・ヤルビーによるシューベルトの交響曲「未完成」を聴いたからかもしれない。

彼によると、この曲が何故「未完成」なのか、誰にも解らないとか。

でも透明で繊細な美しさに溢れたその曲は、聴く人誰しもを、優しさで包んでくれるように思われる。

シューベルトの作品の中で、その外、私のお気に入りの曲と云えば、彼の亡くなる前年に書かれたピアノ即興曲・作品九〇（D八九九）の4曲と、作品一四二（D九三五）の4曲で、清らかな哀愁を湛えながらも、速いテンポの舞踏曲のようなリズミカルな楽しさをも感じさせるもの。

家にある旧いPHILIPS盤のCDでは、繊細で気品のある内田光子の演奏が、何とも素晴らしく、私の心を捉えて止まない。

この日選んだのは、やはり即興曲。その作品九〇の第一番。力強い和音で始まり、それに続いて静かな旋律が優しく語りかけるように流れて来る……。

シューベルトの伝記によれば、彼は1797年にウイーンで生まれ、1828年、同じウイーンで、31歳の若さで病没した。

彼は多くの友人に愛されたが、音楽家としての華やかな栄光を余り見ることもなく、誠実で心優しく、ひたすら作曲に専念した生涯だったという。

彼は少年時代から、どちらかと云えば内向的傾向が強く、また、自分の心情に従って生き、自らを言葉によってではなく、音楽で表現したのだと、評論家の喜多尾道冬氏は、著書『シューベルト』の中で紹介している。

彼がゲーテやミューラーなどの詩に、その時々の自分の心を重ねて『死と乙女』、『美しき水車小屋の娘』、『冬の旅』、『白鳥の歌』など、美しいリートを数多く創ったというのも、彼のそうした性向によるのだと思う。

いずれの曲も、深い情感に溢れた旋律で歌われていて、誰しもが聞き惚れてしまう。

彼の生きた18世紀から19世紀にかけてのヨーロッパは、産業革命が進むと共に市民階級が力強く台頭して、多くの人々が一旗上げようと、地方から大都市へと集まって来た時代で、シューベルトの暮らしたウイーンも同じように人々が集まり、彼らの熱い夢と欲望が坩堝の中のように沸き返っていたという。先の大戦後、復興していく華やかな都会に憧れて、どれほどの若者が東京を目指したかを思い出すと、当時のウイーンの様子も想像できるというものだ。

でもその中で、夢に破れ挫折して、将来への不安と人生の虚しさを感じていた若者も多かったに違いない。

若いシューベルトもまた、ウイーンの中に定住場所も持たず、全くボヘミヤンのように暮らし、彼の周りに集まる若者たちに彼の作曲したリートを聴かせて、日々を送っていたのだという。

私はいつの間にか、将来への不安と人生の虚しさを抱えて悩む現代の若者たちと彼とを重ねていた……。いつの時代でも若者にとっては乗り越えねばならぬ人生の壁はあるものだが、彼は自分の生きるにふさわしい世界を求める旅人のように彷徨い、悲哀と孤独な心をひたすら音楽の中に表現したのだと思うと、彼の紡ぎ出した音の一つ一つが、とても愛しいものに思えてくる。

私と三つ違いの弟は、幼児期から高校卒業まで、家族や親しい友人や知人達に囲まれた豊中で暮らし、大学だけは自ら望んで東京で過ごしたが、夏休みなどで帰宅してくつろいでいる時など、シューベルトの歌曲、とりわけ乙女への恋心や旅人の孤独な心を歌った『美しき水車小屋の娘』や『菩提樹』などを、習い覚えたばかりのドイツ語で、いかにも得意げに歌っていたものだった。

でも振り返ってみると、当時はようやく日米の単独講和条約が結ばれて2年後（1950年代）のことで、次々と東京に流れ込む欧米の自由で斬新な文化は、若者を捉えてやまなかったものだが、学生寮や下宿で暮らす彼らにとって、大都会で感じる孤独は、深いものがあっただろうと思う。

その様な弟の心を温めてくれたのが、やはりシューベルトの歌曲だったのだと、ようやく思うようになったこの頃である。

「シューベルトは都会の巷で、無言のまま孤立して暮らしている人々に、迫りくる孤独と死とにいかに親和するか、その様々な処方を提示する」と、喜多尾道冬氏は、前出の著書の中でシューベルトの晩年の音楽を評している。

いつも名文の音楽評論を書かれた故吉田秀和さんも、歌曲『菩提樹』を紹介されながら、泉のほとりに茂る菩提樹の陰に憩う旅人の孤独と哀愁に、97年と云うご自身の人生を重ねて語られていたのを思い出す。

私もこの頃、シューベルトの歌曲をよく聴くようになったのは、年齢を重ねたと云う事なのかもしれない。

クラリネットの音色

一九六十年代の終わり、娘の幼稚園時代のことだが、フランスの童謡『クラリネット壊しちゃった』が、その明るく愛らしい雰囲気が好まれて、当時のＮＨＫ番組『今日の歌』で、よく歌われた。

歌い手の名前はすっかり忘れてしまったが、かれの鼻にかかった何とも言えない甘い声は、今も私の耳に残っている。

その歌詞は、その頃人気のシャンソン歌手、石井好子さんによるものだそうだが、パパからもらったクラリネットを壊してしまって「どうしよう、どうしよう」とうろたえている子供のかわいい情景が目に見えるようで、私は、彼の後ろに立っている優しいダンディなフランスのマイホームパパの姿を想像して、腕白坊主と、優しいパパと、クラリネットのある風景……フランスの小市民の生活をちょっと垣間見たような思いだった。

日本では、まだまだ馴染みの薄かったクラリネットを、子供が日常の暮らしの中で、好きなだけ壊してしまうほどに吹いているなんて、やはりフランスは違うなぁと、いささかカルチャーショックにも似た気持ちで、この童謡は、いつまでも私の心に残っている。

後年知ったのだが、クラリネットという楽器は、フルートなどに比べて複雑にできていて、ヨーロッパでも、管楽器として人々に親しまれるようになったのは十八世紀も後半になってからのことらしい。日本では、戦後アメリカからニューオーリンズ・スタイルのジャズ（ブラスバンドから影響を受けたマーチ風の演奏が特色）が入ってきて、クラリネットは、コルネットやトロンボーンなどの金管楽器と共に、その演奏に使われた。

私など、クラリネットの柔らかくて甘味な音色を知ったのは、その頃からのことである。

娘が中学生になった一九七十年代の初め頃、音楽の授業でリコーダーが盛んに使われ、草笛に似たその音色は、私の耳にも快く響いたもので、娘も気に入ったらしく、学校から帰るとしきりに吹いていた。

やがて、ブラスバンドに入らないかと先生に勧められ、思いがけないことに、クラリネットのパートを受け持つことになったのである。

すると彼女は、忽ちクラリネットに魅せられて夢中になり、将来はクラリネット奏者になるなどと言い出しもして、高校入学の祝いにとせがまれて、私は、フランスのクランポン社製のクラリネットを買わされたのだった。

それは、それまでの学習用のエボナイトで作られた玩具のようなものとは全く違い、しっとりとした栗色の木製で、華やかではないが、すっきりと上品な形をしていた。

手に取って吹いてみると、透き通るような美しい音を出して、彼女は言うまでもなく、私まですっかり魅せられてしまったのである。

それからは、音楽の先生に紹介して頂いて、当時大阪音大でクラリネットを教えておられた喜田斌氏や、ＮＨＫ交響楽団のソリストとして活躍されていた浜中浩一氏のレッスンを受けるなど、彼女の猛練習の日々が始まったのだった。

でも、練習すればするほど、彼女の思い描く美しい音のイメージと、自分の作り出す音との隔たりが意識され、それをどうしても埋めることが出来ないと、三年ばかりの頑張りの末に、クラリネット奏者への夢を諦めたのだった。

その時の彼女の落胆は大きくて、私も随分心を痛めたものだが、歳月は心の傷を癒してくれるもので、今ではクラリネットの演奏を聴いて、楽しめるようになっている。

いつのことだったか、世界的なクラリネット奏者と言われていたカール・ライスターが来日した時、娘を誘い、難波の『いずみホール』で彼の演奏を聴いたが、人生の哀歓をこれほどまでに素直に、音に変えて歌える楽器は、クラリネットの他にはないと、私たちは感嘆し、心からの拍手を送ったのだった。

クラリネットの演奏とは、「楽器と奏者の身体との区別が無くなった境地なのだ。どんな微細な息もすべて音になる……。その音が彼の溜息になり、口笛となり、笑い声となる……。」と、評論家の響敏也氏が、何処かの音楽雑誌に書いておられたのを思い出すが、全くその通りだと思う。

私は今、モーツアルトが晩年に作曲したという『クラリネット五重奏曲イ長調　k.５８１』をテープで聴いて楽しんでいる。

いかにも彼らしく、明るく清澄な雰囲気を持つ曲だが、ヴァイオリンと対話風に演奏されるクラリネットの音色は、人の心の歓びや哀しみを、優しく包み込んでくれるように思われる。

花火遊び

花火は、いつ頃、何処で生まれたのでしょうか。古代の中国辺りだろうと勝手に想像していますが、自然災害や病気などからの厄除けを願って、打ち上げられたものと云われています。

私の住む大阪の北摂地域でも、花火大会は、例年、お盆の最後の日の八月十六日に、淀川の川縁で盛大に行われ、地域の人々の夏の楽しい行事の一つにもなっています。

でも今年は、コロナ感染の拡大を懸念して簡素に開かれたと、ニュースは報じていました。

そのニュースを聞いているうちに、私の小学生時代の楽しかった花火遊びを思い出しました。

それは昭和十年代の初めの日中戦争が始まって間もない頃のことで、まだ人々の日常は長閑なものでした。子供たちも、戦争は無縁な遠いところの出来事の様に思って、何の屈託もない日々を送っていました。

花火遊びは、そんな夏休みの夕食後などに、可愛い浴衣でちょっとお洒落をした近所の子供たちが、私の家の庭先に集まって楽しんだものでした。

庭に面した部屋の電灯を消し、ほのかな星明りの下に立つと、私たちの間を涼しい夜風が心地よく吹き抜けて行きます。

やがて、母が点火用にもなる蚊取り線香に火をつけると、花火遊びの始まりです。

その頃でも、子供たちを楽しませるための趣向を凝らした花火はいろいろ有りましたが、やはり私の一番のお気に入りは、あの細長い藁の先に黒い火薬を付けただけの、素朴な線香花火でした。

先端の火薬にマッチの火を近づけると、小さな赤い火花がパチパチと音を立てはじめ、やがて炎が広がり、満開の花房となって、きらきらと煌めくのです。

その一瞬、辺りの暗がりの中から、みんなの楽しげな顔が浮かび上がりますが、互いに目と目を見交わすのも束の間、花火は燃え尽きて真っ赤な火の玉となり、足元の庭石の上にぽとりと落ちるのです。

なんて儚いことでしょう！

すると落胆の小さな溜息が幾つも漏れ、誰がというのでもなく、次々に新しい花火が点火されて、夏の夜はいつの間にか更けていくのでした……。

子供は、夏の夜の花火遊びの中で、一瞬に変わる色の変化の美しさや、美しいものの儚さを感じ取っているに違いありません。

私にも、この花火遊びの光景とともに、オレンジから赤までの様々な色調にかわる炎の様子が、今でも鮮やかに思い出されるのです。

色は人の思い出の中で、一段と輝き華やいで見えるようにも思えます。

近頃では、ポンポンと弾けるような音を出す爆竹もどきの花火が多いそうですが、子供たちの遊びも、時代と共に変わってくるものだと、少しメランコリックにもなる私です。

スポーツは楽し!!

コロナ感染が拡大し閉じこもり生活が続く中、やはりテレビでのスポーツ観戦は楽しい時間だった。いろいろ議論されたが、コロナ下でのオリンピック、パラリンピックの開催も決まり、体操、陸上、水泳、球技、それにマラソンなど、いずれも熱戦が繰り広げられて、私は、開催中の二週間ばかり、テレビの前に釘付けだった。

生来お転婆で、小学生の頃は鉄棒やドッジボールに熱中し、中、高校時代は、ハンドボール部で運動場を駆け回っていたが、(もっとも戦中戦後の体育の時間は、不足する食料を補うための農作業に振り替えられることが多かった)戦後間もない私の大学時代では、体育の実技など殆ど無かったように思う。

ようやく高度経済成長期に入った頃、世の中の雰囲気も明るさを取り戻し、人々の生活も安定し、文化活動も活発に、またスポーツを楽しむゆとりが生まれていたが、その頃の私は、子育てで〝てんやわんや〟の毎日だった。

ところで夫はと云えば、勤めていた会社の職場異動で、技術部から営業部に異動となり、顧客接待のために、否応なくゴルフをせざるを得なくなっていた。

当時の企業間では、接待ゴルフが盛んで、日曜日には、いつも、夫不在というのが当たり前のことだった。

そんなある日のこと。突然夫は、私もゴルフをやらないかと、しきりに勧めたのだった。

土曜日はいつもゴルフで留守の自分に、いささか後ろめたさを感じていたようだし、ゴルフの楽しさを私にも味わって欲しいという気持ちもあっての事のように思われて、スポーツ大好きの私は、一も二もなく、ゴルフをやってみようという気持ちになったのだった。

そんなわけで、私がゴルフを始めた時は、四十歳を過ぎていた。それから、二年余り、市バスで二十分はかかる市内のゴルフ教室に通い、ともかくもマットの上に置かれたボールを百メートル程まっすぐに飛ばすことに専念した。

当時の世の中の好景気を映すように、教室はいつも陽気な笑い声に満ちていて、久々に、スポーツの楽しさを味わった私だった。

やがて、教室の全員参加（24・5名）でのレディスコンペが開かれることになったのは、私が通いだして二年が経ってからのことである。

名前は「若竹会」だが、メンバーの平均年齢は、どう見ても五十歳より若くはない。

「昨日から肩が痛いんよ。五十肩かもしれんわ」とか、「腰が痛うて良いスイングが出来へん」などというぼやきに、「スコアが悪いのは、腰痛のせいやないよ。」とすかさず揶揄が飛ぶ。

「若草やて、もう名前変えなあかんね！」

「いいや、名前ぐらい若うしとかな」と、明るい応酬が交わされるのはいつもの事。

私はそのメンバーの一人である友人から誘われて、恐る恐る「若竹会」に入会したのだった。

入会後間もなく、ゴルフコンペが開かれることになって、みんなとスコアを競い合い、プレイ終了後、順位表が発表されるかと思うと、その日は、朝から緊張して体がカチカチになっていた。

恥ずかしいほど叩いたらどうしよう。無様な真似だけはしたくないという思いの中で、ギャラリーの見守る中で打った一番ホールのティショットは、やはり二、三十ヤード飛んだだけのミスショット。

その後も焦れば焦るほど、ミス、またミスの連発で散々なラウンドだった。

私はすっかり元気を無くしてしまったが、「誰も初めはおんなじよ。諦めんとこの次もいらっしゃい」と励まされて、帰る車の中では、ようやくこの次は頑張ろうという気持ちになっていた。

その時もらったハンディが四十。「ゴルフにハンディ四十なんてあるの」と夫にからかわれたが、それからというもの、今度こそ、今度こそという思いと、気さくな人たちの楽しい雰囲気にひかれて、殆ど欠かさず会に出席したが、勝ちたい気持ちが先に立って力んでしまい、なかなか思わしいスコアは出せなかった。

「たかがゴルフやないの。楽しんだらいいのや」と思えるようになるまでには、二、三年は掛かっただろうか。

その日は、青く澄んだ秋空と、穏やかな日差しが紅葉の山々を一層美しく見せる絶好のゴルフ日和。一緒に回るメンバーも楽しい人ばかりで、私は楽な気分でラウンドすることが出来たのだった。それがミスの少ないプレイに繋がったのか、終わってみたら優勝していたのだった。皆から「おめでとう」と祝福されて、「やっと勝てたわ!」という喜びを味わった。私の優勝を聞いた夫は、「そりゃ、おめでとう。やれやれ、お前も、なかなか侮りがたい存在になって来たな」と複雑な面持ちだった……。

スポーツは見るのも楽しいが、実際にやってみるとなかなか難しいものだ。それだけに、プレイする楽しさには深いものがあると、しみじみ思った私である。

負けても納得

アメリカ大リーグの後を追って、三月末には、日本のプロ野球も開幕した。

既に二か月が過ぎて、テレビのスポーツ番組や新聞のスポーツ欄では、毎日、野球の話題で賑わい、はやくも今年の優勝は何れの球団だろうかと、ファン達の期待は楽しく膨らんでいる。

ところで、20数年も前のことになるが、サッカーのプロ化が認められJリーグが誕生して、マスコミなど挙げてサッカーを熱っぽく応援した。

又思いがけず、日本の代表チームがアジア予選で優勝、ワールドカップ（２０１４年のブラジル）という晴れ舞台への出場権を獲得したこととも重なって、その頃は、サッカーを知らないものはスポーツ音痴と云わぬばかりで、サッカーの人気は上昇し続けた。

サポーターのフィーバー振りに、ルールを知らない私にまでもその興奮は伝染し、釣られてその活躍ぶりを、しばしばテレビで観戦もした。

成程、力強くボールを蹴って力走する選手たちのダイナミックな試合運び、対戦相手の突進を見事にかわす絶妙の足技、ゴール前で展開されるスリリングな攻防、しなやかなフォームでの一瞬のシュート、ｅｔｃ、ｅｔｃ……。

サッカー音痴の私も、結構興奮し楽しめた。

広い競技場で、ボールを追い激しく競り合う若い選手たちのエネルギッシュな光景は、観る者をも興奮させる。

それは野球には無い魅力だと感じて、その中に、Ｊリーグはプロ野球の人気をすっかり攫ってしまうのではないかとさえ思ったものだった。

でも、大リーグへの移籍を果たし活躍した野茂投手、イチロー選手、松井選手などの名選手の出現や、年毎に現れる若い選手達の見応えのある妙技にも魅せられて、スポーツファンの気持ちが、再びプロ野球に戻ってきているこの頃だ。

我が家でも、長年、私鉄阪急電車の沿線で暮らして来たせいか、亡夫は、かつての阪急ブレーブス時代からの熱心なオリックスファンだった。

若い頃は、西宮球場へまで出向いて応援するほどだったが、後年は球場がグリーンスタジアムになり、いささか億劫だと、もっぱら家でのテレビ観戦を楽しんだ。

ところが、巨人や阪神のような観衆にアピールする個性的な選手の殆どいないオリックスとあれば（イチローのいた頃は別として）その試合がテレビで中継される機会は、極端に少なかった。（現在でも）

夫はいつも、「どうしてオリックスの試合を映さないのだろう。いいゲームをやっているのに……」と、苦々しそうに不満を託っていたものだ。

たまにラジオ中継でもあろうものなら、イヤホンを耳から離さず試合の推移に一喜一憂して、私が話しかけても、すぐには通じない。

又、応援していないチーム同士の試合でも、熱心にテレビを見ていたが、それは野球と云うスポーツの面白さによるとも言えるが、彼の本当の狙いは、放送の合間に流される短いスポットで、他球場での試合の戦況を知ることにあった。

放映されないオリックスの試合情報を、一刻も早く知りたいと云う気持ちなのだ。

ファンの心理とは、如何にも切なく滑稽なものと、いつもは冷静な彼だけに、その熱中ぶりが可笑しくもあった。

そんな彼につられて、いつの間にか夕食の片付けも後回し、一緒にテレビ観戦をするようになって、ようやく私は、野球の面白さが解るようになったと言えそうだ。

それでは「野球の面白さって何処にある？」と聞かれたら、人それぞれ答えは違うだろうけれど、私はやはり、打撃にあると云いたい。

投手が150キロもの剛速球、はたまた巧妙な変化球を投げて、打者を次々に三振や凡打に打ち取るのも、見応えはある。

又、「息詰まる様な投手戦」と云う言葉通り、敵味方、何れが先取点を取るかとの期待と不安の中で、じりじりと観戦する投手戦も、じれったいけれど面白くはある。

でも、互いに打ち打たれて九回に同点、そして延長戦の末の味方の「さよならホームラン！」などと云うのは、胸のすくような快感が味わえて、野球の魅力の最たるものだ。


それにしても、野球ばかりでなくスポーツの醍醐味は、試合の成り行きに一喜一憂するそのスリル感と、選手たちの演じる好プレーに有ると思う。

その好プレーは、試合を戦っている選手の勝ちたい、上手くやりたい、人気を気にするなどの、邪念の一切入りこまない純粋のスポーツ魂、あるいは、彼の持つ正銘な実力からのみ生まれるものではないかしら。

ファンは、彼の一瞬の美技の中にそれを感じ取り、たとえ味方のチームが負けても納得するのである。

年齢という壁

私の小学生時代からの友人木村寛さんは、その頃から、すでにピアノを習い始め、大学を卒業し、七十歳を過ぎて、長年勤めた企業を退職すると、関西では少し名の知れたプロのピアニスト清水慶子氏の下で、レッスンを受け始め、その熱心な練習振りは、妻の美和子さんからよく聞かされた。

もう十数年も前のことになるが、その秋のこと、彼からピアノ発表会の案内状が届いて、私は、何をおいてもと、会場のある吹田駅前の「メイシアター」へ出かけて行った。

清水慶子氏の門下生の発表会とあって、出演者は、可愛いおさげ髪の女の子、Tシャツに G パンの中高生、華やかな女子大生ばかりで、その中に白髪の老紳士が登壇した時は、会場には、なんともいえぬ違和感が流れたものだった。

演奏は、年齢順に行われたが、彼の演奏が始まると、若い人の様な力強さはなかったが、七十年余もの人生を語るかのような味わいがあって、シューベルトの死の前年に作曲されたその曲の美しい哀愁が伝わってくるようだった。

弾き終わると、私も、会場の皆からも、大きな拍手を送ったのだった。

それからは、何か集まりがあると、いつも彼は一曲披露してくれて、私達の楽しみの一つとなっていたのだった。

ところが、その翌年に開かれる発表会の一月程前のこと。彼の左手の薬指が、突然の痛みで動かなくなって、年齢を顧みぬ猛練習の結果の腱鞘炎だと診断された。

整形外科の電気治療や、針やマッサージなど、懸命な手当の末に、ようやく発表会までには動かせるようになったのだが……。当日、彼が弾いたのは、誰もが聞きなれた華やかなショパンのポロネーズだった。

でも、痛めた左指のタッチが弱く、左右の音のバランスを欠き、納得のいく演奏とは言えなかった。

楽屋に戻った彼の表情は厳しく、私はいろいろ慰めたけれど、どんな慰めの言葉も虚しいように思われた。

彼は小学生から優等生。何か熱中するものに出会うと、１００％自分の気の済むまで、突き進む質でもあった。

私と同じように、中学二年で敗戦を体験し、日本経済の発展と沈滞の中で、長いサラリーマン生活を過ごし、世の中の不条理さも十分知り尽くしているはずなのに、自分さえ頑張れば、何事も可能だという己の能力に対する絶対の信頼をいつも持っている彼なのだった。

その彼に、左手薬指一本が反逆したのだ。それも聴衆の前で……。

人間にとって、年を取ることの哀しさは、いずれ誰もが思い知らされることなのだけれど、彼の自尊心は、どれほど傷ついたことかと、私の胸は痛んだ。

でも、その翌年には彼の頑張りで、ベートーベンの『ピアノソナタニ短調、作品31―2』をそつなく弾いて、私達を楽しませてくれたのだった。

ところでこのソナタの第一楽章は、嵐のような激しい曲想で、シェイクスピアの戯曲『テンペスト』を連想させるところから、通称、ソナタ『テンペスト』と呼ばれている。

その物語は、主人公のミラノ公プロスペロウが、奸計によって彼を陥れた弟に、魔術を使って復讐を図る破天荒で幻想的なメルヘンであるが、それはさておき、当時47歳のシェイクスピアが、若い劇作家の進出に自分の終わりを感じて、この作品を最後に筆を折ったと言われている。

そんなシェイクスピアの逸話を知らない彼、山村さんは、再起の演奏で、この「テンペスト」を演奏し、新しい意欲を感じさせた。

この頃、年齢という壁にぶち当たり、意気阻喪しがちだが、山村さんのピアノに打ち込む姿から、いつも私は力をもらっている。

註　シューベルトの四は
『ピアノ即興曲Ｋ92―4』

栗の渋皮煮

毎年のことだが、秋が深まり、栗の季節になると、同じ地域に住む友人たちの小さな集まりがある。

この頃では、娘が小学生だった一九七〇年代では、子供は住み慣れた地域の学校へ通うのが、ごく当たり前のことだった。

親たちも、その地域の小学校のＰＴＡ活動に出来得る限り参加して、互いに親しい友達の交流を深めるといった具合だった。

ことに娘の場合、彼女の卒業の年の一九七四年は学校創立百年目に当たり、様々な記念行事が催されて、その応援のためのＰＴＡ活動は盛んで、それに参加するうちに、私たち親は互いに仲間意識を強めて行ったように思う。

娘の卒業後四十年余りが経った今でも、時折集まって、想い出話や四方山話に時を忘れるという次第。

いつものことながらその日の会場は、気の好い田辺さん宅のリビングだった。

出席者それぞれは、思い思いのお茶受け持参で、会場提供者の田辺さんは、お茶だけをサービスすると決められていた。

ところが、田辺さんはお料理上手、「おもてなし」上手。一通りの挨拶が済むと、手作りのスイーツが次々と運ばれて来た。

小豆はもとより、きなこや胡麻でまぶした「おはぎ」、白くとろけそうな「無花果の甘煮」、手作りクッキーなどを前にして、皆は「悪いはねぇ」と口々に言いながらも、半分は期待していたとでも云うように早速頂戴して、手作りの味を楽しんだのだった。

でも圧巻は、お抹茶に添えられた「栗の渋皮煮」だった。

「あら、おいしそう！」、「珍しいわ」、「こんな手の込んだことしはって！　私ら気ぃ使うわ」などと、皆は溜息まじりの声をあげた。

すると田辺さんは、ちょっと首をすくめ、いつもの穏やかな顔とは違って、「私もやるでしょう？」と言いたげな笑顔を見せられた。

彼女は丹波の篠山の出身なので、産地直送の大きな丹波栗が、渋皮の付いたままお皿の中で「さぁ、召しあがれ」と言いたげだった。

早速一口頂くと、渋皮の荒い舌触りは全くなく、ほのかな栗の甘さと共に、栗の実の野生と言ったらよいのだろうか、里山で力強く育った栗の木を想像させる、しっかりした味だった。

ヨーロッパ風の「マロン・グラッセ」のように、黄金色の艶やかな色ではなく、黒ずんだ渋茶色の栗の色に、何処か素朴な日本らしさを感じもして、この時以来、すっかり「渋皮煮」に魅せられてしまった。

田辺さんは何事にも、丹波の古い旧家の嗜みを感じさせる人だと、常々感じていたが、彼女の作られた「渋皮煮」を頂いて、古い伝統の味わい深さが懐かしく思われた。

日々起る世の中の辛く哀しい出来事も忘れて、穏やかな秋の午後を楽しませてもらった気分だった。


その後、私も自分で「渋皮煮」を作ってみたくなり、「渋皮煮の作り方」が載せてある料理本を探しに、梅田の書店へ立ち寄った。が、料理本といえば、「短い時間に美味しく出来る！」を掲げたものが殆ど。

「なるほど！」と私は納得していた。子育てや共働きの母親にとって、美味しい料理が短時間で出来上がるなら、これほど有難いことはないに違いない。

手間暇かけた料理などを紹介するものはなかなか見つからなかった。

ようやく一冊の中に「渋皮煮の作り方」を見つけて、しばらく立ち読みしてみると、渋皮を傷つけずに鬼皮をむくことの難しさ（渋皮に少しでも傷がつくと、料理中に栗が崩れてしまう）、更に、むいた栗の灰汁出しは、手間暇のかかる辛抱の要る作業だと知って、せっかちな私にはとても難しいことと、しぶしぶ「渋皮煮」作りを諦めてしまった……。

そして田辺さんの心づくしが、改めて、とても有難いことに思えたのだった。

米の値打ち

「お天道様と米の飯は、一生俺に付いて回る」と云う歌舞伎まがいのこの台詞は、大戦前の男性の甲斐性を表していると言えそうだが、また米の飯は、お天道様と同じ値打ちだと云う、かつての日本人の米に対する愛着や信頼をうかがわせるものとも思う。

実際、江戸時代など、知行地を与えられない家臣には、切米とか扶持米と言われる玄米が給与として与えられていて、米はお金と同じ価値で扱われていたことは周知の通り。

ところが、一九四五年の敗戦以来、それまで変わることの無かった米の値打ちが、いろいろに揺れ動いて来た。

戦争末期から敗戦後の食糧難時代には、米は都会の生活から殆ど姿を消してしまい、多くの国民にとってはお天道様の様に、とても手の届かぬものになっていた。

海外からの救援食料の小麦やトウモロコシなどに援けられ、また進駐軍の影響を受けもして、それまでの「主食はコメ」と云う食習慣は崩れ、パン食好きが増えて、私の実家でも、朝食がパンに変わったのはこの頃からで、日本人のコメへの拘りは次第に薄らいで行ったように思う。

戦前戦後の日本人一人のコメ消費量は、政府から配給される一人一日、二合三勺だったが、今では、育ち盛りの子供やスポーツ選手には不足でも、大方には余る量に違いない。

その様な時代の流れの中で、冒頭のいかにも古風で日本的な台詞は、すっかり影をひそめてしまったこの頃である。


ところで一九九〇年代に入ると、世界の国々の間で、貿易自由化問題が議論されるようになり、とくにコメの国際市場での自由化問題は、コメの生産国であり消費国でもある日本にとって大きな問題で、国を挙げて議論された記憶は、今でも強い印象を残している。

それは、日本人にとってのコメの有り難さを改めて考えさせられた機会でもあった。

一応、特例として日本米に関税をかけて保護することが認められ、この時の自由化問題は決着したのだが、外国の安いコメや農産物の輸入が急速に増えて、スーパーなどの売り場には見慣れぬ外国の産品が並ぶようになった。

アジアやアフリカなど発展途上国のコメや野菜は、見た目は悪いが価格は安くて、消費者にとっては有難いことだったが、日本の農家、特にコメ農家にとっては、世界との自由競争に立ち向かいながら、その品質を維持し、品質改良の努力を続けねばならないと云う重い課題を背負うことになったのだった。

その故か、米作りを諦める農家も出て来て、かつては青々とした水田の広がっていた農村地帯に、荒れた休耕田が目立つこの頃である。


一方、貿易自由化によって、日本人の生活スタイルにもさまざまな変化が起きたが、とくに食の多様化は目覚ましい。

フランス料理、イタリア料理、中国料理、そしてアジア諸国の珍しい料理などなど、日本の豊かさの象徴のように、世界中の美味美食が街に溢れ、日本人の抱いて来たコメへの強い愛着は、なお一層色褪せた様にも思えるのだが……。


その様な風潮に押されてなのか、外国の安いコメを買って、その代わりに日本の工業製品を外国に買ってもらえば良いとの意見も生まれているが、果して、コメを工業製品と同一に扱ってよいものだろうか。

工場で作る製品は、同じ工程ならいつでも、何回でも作ることが出来る。さらに、何回でも実験が出来、技術革新が出来る。

しかしコメは、稲から水田に植えられて育てられる。その年の暑さ寒さ、雨の降り具合を見ながらの灌漑作業、除草、害虫駆除と、人が手塩にかけて一年に一回だけ（二期作の地方もあるが）コメを実らせる。また、品質改良も大自然のリズムに合わせて試みながら、一年、又一年と時間をかけて改良していかねばならない。

この様に、コメには算盤では計れない多くの人間的な価値が付け加えられていて、簡単に工業製品と同じ尺度では測れないものだとの思いが強い。

明治以後、日本が追い求めてきた工業の発展は、快適で豊かな暮らしを一応はもたらしたが、環境汚染を始め、数々の不利益も生んでいる。

それに反し、コメ作りは水田の持つダム効果で洪水を防ぎ自然の生態系を守る。はたまた、美しい緑や空気、故郷の懐かしい景観を作る。

険しい山がちの国土で、狭い谷間や斜面に一枚、一枚、営々として作られて来た水田が育んだ米。それが何千年もの間、日本人の命を守ってきたことなどに思いを巡らせると、やはり米の値打ちは計り知れないと思う私である。

最近の私の心配事は、二〇一〇年にはじまった「環太平洋パートナーシップ協定」いわゆるＴＰＰ交渉の成り行きである。

この協定は、関税撤廃と貿易のルールや仕組みの統一を原則とする完全な貿易自由化を図るものだそうだ。

米国を始め、オーストラリヤ、ニュージーランド、メキシコ、チリ、カナダ、ベトナム、マレーシヤ、そして日本などの太平洋を囲む国々が、この交渉に参加している。

そしてアメリカは、対日本との交渉で、コメ、牛肉、豚肉などの農産物を巡って、これらに掛かる関税をすべて撤廃するように求めていて、交渉はなかなか進展しないようなのだ。

最近のニュースで、一応決着に近づいていると報じていたが、詳細はまだ発表されていない。

コメが完全に自由化されればどうなるのか、私には予想もつかないが、人出が掛っていて高いと言われる日本のコメは買い手が減り、コメ農家はその採算に苦しみ、米作りを諦めるものが増えるのではないか？

農業国日本にとってコメの完全自由化は、簡単には受け入れ難いし、私など真っ白なコメの飯大好きな向きにも、交渉結果が気に掛かるところだ。

麺類　ア・ラ・カルト

戸外では、小雪が舞い冷たい北風が吹き荒れているそんな日に、家族で囲む食卓には、喉ごしも良く体の温まる麺料理は、いつも人気がある。

和食好きには、蕎麦、うどんなどが一般的だが、私の両親の故郷山梨県では、「ほうとう」が一番だし、名古屋の「きしめん」もなかなか美味しい。

それぞれの地域で、麺の太さや形、滑らかさなど、様々な工夫がされていて、地方独特の味を演出している。

又、世界の食の交流が目覚ましいこの頃では、スパゲティやマカロニから始まってパスタ料理のいろいろ、ラーメンやビーフンなどの中華麺などまでも、他国の味が居ながらにして楽しめ、若者たちの麺人気は高いようだ。

アメリカやアジアでも、ラーメン好きは、結構多いらしく、食文化のグローバル化はさすがに速い。

ところで、どちらかと云えば、私はパスタ党である。

スパゲティのソースの材料は魚介類、肉類、野菜と豊かで、それらをカラフルに盛り付けた一品は、見た目もお洒落で食欲をそそられる。

昨年もノーベル賞の受賞が期待されるなど、人気作家の村上春樹の初期の小説には、よくスパゲティが登場する。

Gパンにシャツ姿の若者が、アパートの一室でクラシックかジャズを聴きながら、昼食のスパゲティを茹でている……。そんなシーンに出会うと、それだけで読者には、現代の若者のモラトリアムな生活スタイルが彷彿としてきて、説得力があるように思えるのも、食というものの強みだろうか。

いつのことだったか、梅田にあるホテルのレストランで、バジリコのスパゲティを注文すると、やがて運ばれて来たのは、ハーブの香りとバターの味のなんとも言えぬハイカラな一品。

みじん切りのバジリコと大蒜とをバターで炒めただけなのだが、バジリコの緑がスパゲティの半透明な白に映えて目を楽しませてもくれ、香りと共に私の食欲をそそった。

少し固めに茹であがった熱々の一皿は、「美味しい!」の一言に尽きたと云う次第。

さて和食なら、やはり蕎麦がいい。

関西では、うどん好きも多いが、食卓の雰囲気の良さでは、蕎麦が勝っていると思う。

もはや故人になられたが、池波正太郎の名エッセー『食卓の情景』には、さすが食通で食の愛好家に相応しく様々な食べ物が登場するが、蕎麦についての話も面白い。

「一人で町を歩いていて、一人酒が飲みたくなったら、私はまず蕎麦屋で飲む」という書き出しで、やはり蕎麦の持つ雰囲気を愛されてのことと納得した。

そして「あの濃いつゆへ蕎麦の先をつけてすすりこめば、蕎麦の香りが生きて、つゆの味ととけ合い、うまく食べられる」と続く。


蕎麦は、奈良朝以前に朝鮮から渡来したもので、始めは「蕎麦がき」として米麦の不作時の備えだったとか。

私も、戦中戦後の食糧難時代には、昼食の代わりに「蕎麦がき」を良く食べたもので、炒った蕎麦を石臼で挽き粉にする。それに砂糖を入れ、掻き回しながら熱湯を注ぐと、これこそ蕎麦の味と云いたい程に素朴な味の「蕎麦がき」が出来上がる。

私の小学生の頃、まだ元気だった祖母は、しばしば蕎麦粉を捏ねて蕎麦を打った。その麺棒の動きの速いこと、蕎麦の打ちあがるまで、見ていて飽きなかった。

そんな日の夕食は、祖母の故郷の味「ほうとう」で、だし汁に、小芋、人参、大根、などの根菜類と、鶏肉、白葱を加え、最後に打ちあがった蕎麦を入れ味噌仕立てで頂く。

家族揃って頂く山里の味は、心を和ませる美味しさで、食糧難の時代のご馳走だったものだ。


それから、暑い夏に出番の麺～素麺にも一言。

良く冷えた美味しいだし汁で、青葱とおろし生姜で頂くのは、暑い夏に何よりのもの。

笊の上の茹であげられたソーメンの上に、いかにも涼しげに、砕かれた氷がたっぷりと載せられているのを見ると、暑さに萎えた食欲は復活するらしい……。


とにもかくにも麺類は、作るのも食べるのも気楽で、普段着の味である。

夏野菜に思い出を重ねる

憂鬱な梅雨の季節にも時折晴れ間が訪れて、青い空と明るい陽の光が垣間見え、陽気な夏の到来が、一層待ち遠しいものとなる。

そして、トマトや胡瓜や茄子など色鮮やかな夏野菜が、スーパーの野菜売り場に山と積まれるようになって、夏がそこだけに舞い降りたようで、私は買う気をそそられる。

そんな夏野菜の山は、食べ物の乏しかった先の大戦中に、畑に変わり果てた実家の庭の風景を、ふと思い起こさせもする……。

その頃の実家には、茶の間の南の縁側に面して、子供の遊び場に程良い裏庭があった。そこに砂混じりの白っぽい庭土で作られた貧相な畝が数本並んでいて、その痩せた畝に、母が植えたトマトや茄子などが頼りなげに、ひょろひょろと立っていたものだ。

慣れぬ畑仕事は、母にとっては結構辛い仕事だったに違いないのだが、配給も途絶えがちのあの頃、新鮮な野菜を手にするには、近郊の農家への買い出しか、自家菜園での自給自足しかなかった。

私など子供の仕事は、朝夕の水やりくらいのものだったが、モンペを穿き、手拭いのほっ被りに麦わら帽子を目深に被り、スコップや鍬を手にして、畑仕事に励んでいた母の姿を思い出す。

私はトマトが大好きなのだが、トマトはとても育てにくい野菜だという記憶がある。肥料が多過ぎても少な過ぎても、またやり水の量の多少にもトマトは敏感で、少しでも育て方を間違うと、忽ちおじぎをしたように萎れて母を慌てさせていた。

それにしても、陽の登り始めた朝に獲れたトマトの美味しさは格別だった。

可愛い白い花の付け根の部分がようやく膨らんで、小さな青い実になり、それがほのかに色づき、やがて子供のこぶしくらいの真っ赤な実に育つまで、幾日待ったことだろう！　何ともじれったくもあり、楽しみでもあるような数日だった。

ようやく母の「もう、良い頃よ」という言葉に、早速、赤いトマトを両手にすると、太陽の温もりがほんのりと伝わってくる。それを丁寧にもぎ取り、スカートの裾でそっと拭って、ガブリと口いっぱいに頬張ると、張り切った皮の抵抗を歯に感じる間もなく、土の匂いというのか、青臭いと云うのか、その甘酸っぱくもあるトマトの果汁が口中に広がる。それは、忘れられないトマト本来の味である。

近頃売られているものは、青い中に収穫され保管されていたトマトらしく、張りの無い食感や、甘みばかりの味は、私には疎ましい。

大量生産で肥料も土も全く違うのか、トマトは、昔とはすっかり変わってしまったようだ。

見た目が愛らしく、甘みの強いプチトマトやフルーツトマトが全盛のこの頃、昔のトマトの味が無性に懐かしい。


それから、トマトの外に私の記憶に残る夏野菜は、南瓜《かぼちゃ》である。

私の実家は角家だったので、生垣が家の南側と東側との二方を囲み、その垣根に添って南瓜が植えられていた。その頃、「へちま」とか、「鶴首」とか呼ばれた瓢箪型の細長い南瓜だ。アメリカ大陸の子供たちの祭り「ハロウィン」で使われているのと似ていて、その小型版のような形だ。

縮緬皺の多い和南瓜と違って、育てやすく多産で栄養価も高く、調理も簡単だ。食糧不足の戦時下では、何とも有難い野菜だった。


ところで、私の小学校四、五年生の頃（一九四〇）のこと。誕生日には仲良しの友人たちを、たがいに自宅へ招き合う習慣があった。

日米戦争勃発という危うい時代だったが、私の住んでいた大阪市近郊の小さな市では、そんなささやかな子供たちの楽しみは、まだ残っていたのである。

その時のお饗しには、「ちらし寿司」がお決まりで、そのほかに「ぜんざい」が振る舞われたものだった。

すべての生活必需品は国の統制下だった当時、珍しいものが手に入った時には、必要な時のために、その品を大事に蓄えておくのが常のことだった。小豆もその様な貴重品だったのだが、私の誕生日のその日、生憎のことに、家には「ぜんざい」に使う小豆の蓄えが全く無かった。

そこで母は、小豆の代わりに南瓜のぜんざいを思いついたのだった。

南瓜を蒸して裏ごしにすると、とろみも出て舌触りも滑らかで甘みもある。お餅がわりの白玉団子が入れば、「小豆ぜんざい」にそれほど劣りはしないと、母は思ったようである。

当日の「南瓜ぜんざい」は、母の思惑通り好評で、しばらくの間、友人たちの間でも話題になったものだ。

この母の企てを今風に云えば、ちょっとした「サプライズ」である。

でも、この「南瓜ぜんざい」、果たして飽食時代の子供たちに受けるだろうか？

あの頃を振り返って、母の苦肉の策だった「南瓜ぜんざい」を思い出すと、有難さと切なさが湧いてくる。

食卓の助人は魚屋さん

料理の美味しさは、折々の季節の味を伝える新鮮な素材と、それにかけた手間暇が決め手と云われる。その手間暇と云えば「おふくろの味」、ことことと煮含めた豆や根菜の美味しさを思うと、台所に立つ母の後姿も懐かしく、料理はやはり心で作るものと納得してしまう。

でも魚については、獲れたばかりの新鮮なままが一番と常々思っている。

「ママの料理は素材が良いから美味しいのよ」と、娘は冗談めかした皮肉を時折言うことがあるが、魚料理については、私は素直にその言葉を認めている。

それと云うのも、我が家の食卓を預かって50年程の間に、偶然のことながら、私は気の良い魚屋さんと馴染みになれて、いつも活きのよい魚料理を食卓に並べることが出来たのである。

家族中が大の魚好きになったのは、云うまでもないけれど。

私が結婚した昭和30年代の始めと云えば、私の住んでいる市豊中《まち》も、現在のようにビルや住宅ばかりが雑多に立ち並ぶ素っ気ない街ではなく、市の中心部を除けば、あちこちに田や畑の広がるのどかな田園の風情を残していて、リヤカーで野菜を売り歩く農家のおばさんの姿はごく日常に見られる風景だった。

その彼女たちに混じって、天秤棒を担いだ行商の魚屋さんがいて「淡路の小父さん」と呼ばれていた。60に手の届きそうな、小柄ながらがっしりした体付きの実直そうな人だった。

毎朝、明石か淡路の競り市で仕入れてきたばかりの鯵や鯖やイカなど、お惣菜向きのありふれたものばかりだったが、鱗のきらきら光る生きの良い魚が、我が家の台所にも持ち込まれた。

そして注文すれば、切り身にしたり刺身にしたり、彼は気楽に捌いてくれ、魚捌きの苦手な新米主婦の私にとって、頼りになる料理の助人だった。

でも昭和40年代に入り、ようやく市の駅前商店街にも戦前の活気が戻って来ると、いつの間にか彼の天秤棒姿に出遇わなくなった。

行商などと云う小さい商いでは立ち行かぬ様になったに違いないと、買い物客で賑わう駅前商店街を訪れると、ふと彼の日焼けした顔を思い出したものである。

丁度その頃、私の家から目と鼻の先の住宅街に、新しく魚屋「魚吉」が店を出したのは、まったく思いがけないことだった。

主人と云えば40代に近い内気そうな男で、少々変わり者。養殖の魚は嫌いだと、近海でとれる天然ものに拘っていて商売気などあまりなくて、「魚吉」の魚でなくてはという客しか相手にしない。

でも、さすがに新鮮な天然物は美味しいし、よく気の効く働き者の女房がついていて、店は結構繁盛したのである。

この内気な主人も、近所の主婦たちには次第に慣れて来て、魚のこととなると口が軽くなり、魚の名前、美味しいその旬の味、料理の仕方など、私も随分いろいろ教えてもらって、お陰で魚についての知識を何ほどか持てたような気がしている。

春先の鯛、初夏の鰹、土用の鰻、秋の秋刀魚、冬のはまちや鰤など、自慢の天然物は無駄な脂が無く身も締まっていて、私はいつも、魚は「魚吉」に限ると思っていたのだった。

ところがある年の秋、主人が酩酊して転び足首を骨折して以来、店は閉じられたままで一向に開く気配が無い。一人息子も結婚して別居し、その時60歳半ばの彼だったが、もう店を再開する気は無いように見えた。

私は20年余りもの間楽しんだ「魚吉」の味を惜しみながら、歳の暮れも迫って、仕方なく新しい魚屋を探すことに決めたのだった。

そんなある日のこと、今まで何気なく通り過ぎていた駅前新開地の市場で、「こばやし」と云う魚屋の暖簾が目に入った。

間口2、3間程のこじんまりした店だが、店の者3人ばかりがきびきび働いていて、魚屋と云うものの、いかにも甲斐甲斐しい活気に満ちていて、私は思わず中に入ってみる気になった。

その途端「いらっしゃい！」と威勢の良い声がして、店の奥の大きなまな板の前で、白い鉢巻姿の若い主人が、人の良さそうな笑顔で迎えてくれたのである。

その日買った魚は何だったか、すっかり忘れてしまったが、味は「魚吉」に引けを取らないと思ったことは確かで、それから今に至るまでの40年余り、魚屋といえば「こばやし」と、ご縁は続いている。

私が「こばやし」に少し馴染んだ頃のこと、店を訪れると、商店街の様々な雑音をかいくぐるように、快い音楽が聞こえて来た。耳を澄ますと、それは確かモーツァルトの軽やかな「弦楽四重奏曲」なのだった。

市場の雑踏に不似合いなその曲に、いぶかしげな顔をしている私に気付いた主人は、頭を掻きながら言った。

「クラシック好きですねん。なかなか聴く時間が無いよって、こんなことして聴いてますねん」と、店先の棚の上に置かれたポータブル・ステレオを指差した。

「魚屋さんとクラシック！」と、一瞬、その意外さに戸惑った私だったが、「だから小林の魚は美味しいのや」と、クラシック大好きの私は、その時以来「こばやし」夫婦とは、魚屋と客と云うだけではない楽しい交わりが続いている。

美味しいコーヒーをどうぞ

このところ、コロナ感染の広がりに、家にばかり閉じこもっていた私は、「美味しいコーヒーが飲みたいな」と独り言のように言うと、たまたま傍にいた娘が、「私が入れてあげるわ」と云って、リビングの椅子から立ち上がった。

私も以前は、コーヒー豆を自分で挽くほどではないが、馴染みのコーヒー店で豆を好みに挽いてもらい、ネルのドリップ布で濾すぐらいの手間はかけて、コーヒーの味と香りを楽しんだこともあったが、その店の主人が病気になって店が閉じられてからは、もっぱら、インスタントでお茶を濁していた。

「美味しいコーヒーを入れてくれるって？　嬉しいわねぇ。」と、私もキッチンに入った。

ポットはある。プラスチックだけど濾過器もある。コーヒーの粉は、年末のバザーで買ったブルーマウンテンが手つかずに有るはず。

それに、カップは戸棚に飾ったままのロイヤル・コペンハーゲンを、たまには気晴らしに使ってみようかなと思い立ち、それらをテーブルの上に並べていった。

娘は、それをじっと点検するような眼で眺めながら、「コーヒーの計量スプーンはないのね？　美味しいコーヒーを入れるには、コーヒーの量が正確でなきゃダメなんだけどなぁ」と、さも残念そうな顔で言った。

そして台所の棚の上にある料理用の計量器を取り出して、「コーヒー一人前は13グラムが良いのよ」と、計量皿の上に紙を敷いて、二人分の粉を計った。

まず、コーヒーカップとポットを温めておく。それから、ポットに濾過器をセットし、その上に乗せたペーパーフィルターに、正確な量の粉を入れる。

次に、沸騰寸前の湯を静かにその上に注ぎ、湯が粉全体に染み渡ったところで、待つこと30秒……。おもむろに人数分の熱湯を「の」の字を描くように注ぐ。ポットにコーヒーが溜まるのを待って、再び沸騰寸前まで熱して、出来上がり。

ここまでの所要時間は3分が理想的なのだと言いながら、彼女はこれらの作業を楽しそうに、手際よくやって、飲む前から、すっかりコーヒータイムの中にいるようで、小さい鼻歌さえ歌っているのだった。

やがて「はーい。出来ました！」と出されたコーヒーは、青みを帯びた白磁のカップから、品の良いブルーマウンテンのほのかな香りを立てていた。

「ほんとだ。美味しいわねぇ」と、私は久しぶりで、我が家で入れたコーヒーを寛いだ気分で味わった。

「だけど、やっぱり計量スプーンと、陶製の濾過器は要るわね。濾過器が陶製だと、コーヒーが冷め難いし、もっとまろやかな美味しい味になるのよ。」と、彼女は少し残念そうだった。

そして翌日のこと。近頃、出不精になっている私を誘うのを諦めて、一人で、京都へ出かけて行った。夕方に帰宅した彼女は、「コロナで、四条通も、いつもより人出は少なかったわ。三条の『イノダコーヒー』店は、火事で焼けたと聞いていたけど、すっかり元通りになっていて、好かったわ」と、『INODAS』と焼きだされた茶色の陶製の濾過器と計量スプーンを、手提げから取り出して見せ、「これがあったら大丈夫！」とにっこりした。

早速、彼女は新しいそれらを使って、コーヒーを入れたのだった。

「やっぱり濾過器は陶製でないとね。それに、粉もばっちりでしょ。どう?味も昨日よりまろやかでしょ」と、至極ご満悦だった。

最近の食の事情は、インスタント流行りの一方で、『ほんもの』志向も強いようだと、私は、彼女の顔を眺めながら思ったものだ。

20世紀後半に氾濫した農薬や、食品添加物……調味料、甘味料、着色料、匂いの素などの合成化学食品などの胡散臭さを、ようやく感じ始めている私達である。

【著者紹介】

西村惇子（にしむら・あつこ）

1931年（昭和６）生まれ
1954年（昭和29）大阪大学文学部文学研究科（社会学）卒
1937年以来、大阪府豊中市在住

青い蝶

2023年6月30日発行

著　者　西村惇子
発行者　向田翔一

発行所　株式会社22世紀アート
〒103-0007
東京都中央区日本橋浜町3-23-1-5F
電話　03-5941-9774
Email: info@22art.net　ホームページ：www.22art.net

発売元　株式会社日興企画
〒104-0032
東京都中央区八丁堀4-11-10 第2SSビル 6F
電話　03-6262-8127
Email: support@nikko-kikaku.com
ホームページ：https://nikko-kikaku.com/

印刷
製本　株式会社PUBFUN

ISBN :978-4-88877-225-9